DU MÊME AUTEUR

Aux Éditions Gallimard

Dites-nous comment survivre à notre folie
(« Folio », n° 2792. Préface de John Nathan).

Le jeu du siècle (« Folio », n° 3427).

M/T et l'histoire des merveilles de la forêt.

Lettres aux années de nostalgie.

Une existence tranquille (« Folio », n° 2924).

Notes de Hiroshima (« Arcades », n° 48).

Arrachez les bourgeons, tirez sur les enfants (« Haute Enfance »).

Une famille en voie de guérison.

Moi, d'un Japon ambigu.

Gibier d'élevage. Texte extrait de *Dites-nous comment survivre à notre folie* (« Folio », n° 3752).

HAUTE ENFANCE

*Collection dirigée par
Colline Faure-Poirée*

KENZABURÔ ÔÉ

ARRACHEZ
LES BOURGEONS,
TIREZ
SUR LES ENFANTS

Récit

*Traduit du japonais
par Ryôji Nakamura
et René de Ceccatty*

GALLIMARD

Titre original :

MEMUSHIRI KOUCHI

© *Kenzaburô Ôé, 1958.*
© *Éditions Gallimard, 1996, pour la traduction française.*

I. Arrivée

Tard dans la nuit, deux d'entre nous ont pris la fuite, ce qui, l'aube venue, nous a empêchés de partir. Nous avons passé ce court laps de temps à faire sécher à la faible lueur du soleil matinal nos manteaux kaki en tissu rêche, qui étaient restés moites pendant la nuit, à regarder la route goudronnée au-delà de la haie vive basse et à contempler la rivière ocre rouge qui coulait plus loin, derrière quelques figuiers. La pluie torrentielle de la veille avait provoqué des craquelures sur la route goudronnée et une eau limpide coulait dans ces entailles aiguës, tandis que la pluie, la neige fondue et la rupture d'un barrage avaient fait monter le niveau de la rivière, qui s'était enflée avec fracas emportant à une vitesse extraordinaire des cadavres de chiens, de chats et de rats.

Puis, des enfants et des femmes du village se sont rassemblés sur la route, en nous lançant des regards empreints de curiosité, de gêne, de désinvolture hébétée ; échangeant des propos susurrés et fébriles et laissant échapper de brusques éclats de rires, pour notre plus grande indignation. À leurs yeux, nous étions de parfaits étrangers. Certains d'entre nous s'avancèrent jusqu'à la haie et exhibèrent fièrement, devant les villageois, leurs petits sexes immatures, rougeâtres comme des abricots. En se frayant un chemin entre les enfants qui gloussaient et s'agitaient, une femme entre deux âges s'approcha et les regarda en crispant les lèvres ; elle rit, le visage écarlate et relata la chose avec des mots crus à des amies chargées de leurs bébés. Mais pour nous, ce jeu avait été répété dans trop de villages, si bien que ni cette sorte de cérémonie de circoncision que les enfants de la maison de correction pratiquaient ni la réaction grossière des paysannes éhontées qu'excitait la vue des sexes ainsi traités ne nous amusaient plus.

Du coup, nous avons décidé d'ignorer complètement les villageois qui nous fixaient, plantés de l'autre côté de la haie. De ce côté-ci de la haie, nous rôdions comme des bêtes en cage, contemplant, assis sur des dalles séchées au soleil, l'ombre pâle des feuilles sur le sol ocre sombre et en traçant avec le doigt le contour bleu clair qui frémissait parfois.

Mais, en retour, seul mon petit frère observait attentivement les villageois : il se penchait pardessus les feuilles de camélias de la haie, épaisses comme du cuir, dégoulinantes de gouttes de brume, sans craindre de mouiller le devant de sa veste. Pour lui, c'étaient eux les étrangers, extrêmement inattendus, qui suscitaient sa curiosité. De temps à autre, il courait vers moi, pour m'expliquer avec passion, d'une voix tremblante d'émotion, en soufflant son haleine chaude sur mon oreille, comment les enfants du village avaient les yeux atteints de trachome et les lèvres gercées, et comment les travaux des champs avaient écrasé et noirci les gros doigts des villageoises à leur extrémité. Sous le regard médusé des villageois, j'étais fier de l'éclat rose de ses joues et de la beauté de ses iris humides.

Toutefois, pour que les étrangers capturés comme des bêtes rares soient le plus en sécurité devant les yeux qui les dévisageaient, il aurait mieux valu qu'ils soient des êtres sans volonté ni regard, comme une pierre, une fleur, un arbre, des êtres simplement regardés. Mon frère, parce qu'il s'obstinait à rester, un pur regard tourné vers eux, recevait parfois sur la joue des crachats que les villageoises faisaient rouler sur leur épaisse langue ocre et des cailloux lancés par les enfants. Pourtant, sans se départir d'un radieux sourire, il sortit de sa poche un grand mouchoir décoré d'un oiseau brodé et persistait à adresser un regard étonné vers les villageois qui l'humiliaient.

Cela signifiait qu'il n'était pas encore bien habitué à être regardé, à être une bête en cage. En revanche, nos autres camarades s'y étaient complètement accoutumés. Nous nous étions faits à bien d'autres choses. Dans notre vie quotidienne, les obstacles qui nous blessaient profondément corps

11

et âme, mais auxquels nous devions céder, se succédaient sans nous laisser d'autre choix que de les affronter. Être roué de coups, tomber dans une mare de sang, c'était là notre lot commun : un camarade, qui avait été pendant un mois affecté à la garde d'un chien policier, parvenait à graver sur le mur ou sur le plancher des figures obscènes, avec ses doigts enfantins, déformés par les robustes mâchoires de l'animal affamé qu'il avait nourri tous les matins. Pourtant, ce matin-là, à une heure tardive, lorsque, traînés par un agent et un éducateur, les deux fugueurs étaient revenus, nous ne pûmes nous empêcher d'être ébranlés. Car ils étaient complètement abattus.

Tandis que l'éducateur et le policier conversaient, nous avons entouré nos vaillants camarades qui avaient échoué. Leurs lèvres étaient ouvertes et maculées de caillots, ils avaient les yeux au beurre noir et les cheveux collés par le sang. Je sortis un flacon d'alcool de mon sac de survie et nettoyai leurs nombreuses blessures avant de les enduire d'eau iodée. L'un des deux, le plus âgé et le plus vigoureux, avait une contusion au bas-ventre et lorsqu'il a baissé son pantalon, nous n'avons pas su quoi faire pour lui porter remède.

— J'ai voulu traverser la forêt cette nuit, dit le garçon d'un air dépité, et m'enfuir vers le port. Je comptais monter sur un bateau pour gagner le Sud.

Malgré notre tension, nous n'avons pu retenir un rire rauque. Il rêvait toujours des contrées méridionales et remplissait ses journées de leur évocation. Nous l'avions surnommé « Minami[1] ».

— J'ai été attrapé par des paysans qui m'ont tabassé, expliqua-t-il. Je ne leur ai même pas chipé une patate. Ils m'ont traité comme une belette.

Nous avons tous admiré leur courage et ragé contre la violence des paysans.

— On était à deux doigts de la route qui menait au port, hein? On aurait tout juste eu à sauter sur un camion en marche et à se cacher. Et on était déjà au port.

— Oui, dit le jeune fugitif sans force. On était à deux doigts.

— C'est parce que tu avais mal au ventre, dit Minami en passant sa langue sur ses lèvres coupées. Ça a tout fichu en l'air.

— Oui, répliqua l'autre en baissant les yeux de honte.

Il était livide car il avait encore manifestement mal au ventre.

— Les paysans t'ont battu? demanda mon frère à Minami, les yeux brillants.

— Battu? Mais plus que ça! répondit Minami, d'une voix où perçait un mélange de fierté et de mépris. Ils m'ont frappé le cul avec une houe. J'étais épuisé rien qu'à esquiver les coups d'un type qui écumait.

— Ah! s'écria mon frère dans un ravissement rêveur. Ils t'ont frappé le cul avec une houe...

---

1. Sud. *(N.d.T.)*

Lorsque le policier eut chassé les badauds de l'autre côté de la haie, l'éducateur nous rassembla. Il commença par donner un coup de poing à la lèvre supérieure déjà blessée de Minami et à celle de son complice qui avait mal au ventre. Quand ils eurent à nouveau les mâchoires baignées de sang, il leur ordonna un jour de jeûne. C'était là une peine magnanime et sa façon de les frapper n'était pas celle d'un gardien : dans notre langage, c'était régulier et viril. Nous avons ainsi reconstitué un groupe serré en y incluant l'éducateur.

— Dites-moi, vous deux, ne recommencez plus de cavale stupide.

Il rougissait et les veines de son cou juvénile gonflaient.

— Maintenant qu'on est dans un coin perdu, poursuivit-il, où que vous alliez, vous serez toujours rattrapés par les paysans avant d'atteindre une ville. Ces bougres-là vous détestent comme la lèpre. Ils sont capables de vous tuer. Vous aurez plus de mal à fuir d'ici que lorsque vous étiez en prison.

C'était juste. L'expérience des tentatives de fugue, et de leurs échecs répétés durant le transfert d'un village à l'autre, avait fini par nous apprendre que nous étions entourés d'immenses murs. Dans un village agricole, nous étions comme une épine qui s'incrustait dans la peau et la chair. Aussitôt nous étions étouffés et oppressés par des bourgeons de chair qui proliféraient, de toutes parts, pour être poussés dehors. Non seulement les paysans s'emmitouflaient dans des cuirasses particulièrement protectrices et dures, mais ils refusaient le passage aux autres. Nous formions un petit groupe de naufragés qui traversaient péniblement une mer qui repoussait les étrangers pour ne jamais les accepter.

— Au fond, dit l'éducateur en découvrant ses dents robustes, on a trouvé le meilleur moyen de vous surveiller. Parfois la guerre sert à quelque chose. Même moi, je ne pourrais pas casser les dents de devant de Minami. Il faut croire qu'il y a des paysans qui ont des poings extraordinaires.

— J'ai été frappé avec une houe, dit Minami sur un ton joyeux. C'était un vieillard à la peau flasque.

— Ne parle pas sans qu'on t'y autorise! s'écria l'éducateur. Vous avez cinq minutes pour préparer le départ. Nous comptons arriver à destination avant la tombée de la nuit. Si vous lambinez, vous n'aurez pas de repas. Dépêchez-vous!

Nous nous sommes dispersés avec des hourras et, pour faire nos bagages, nous avons couru vers l'entrepôt d'une vieille magnanerie qui nous avait été affectée comme logement pour une journée. Lorsque, cinq minutes plus tard, nous nous apprêtions à partir, le jeune fugueur malchanceux, complice de Minami, vomissait une sanie rose pâle en poussant de petits gémissements dans un recoin de la haie vive. En attendant que sa crise se calme, nous nous sommes mis en rang et nous avons entonné à tue-tête le refrain de l'hymne de notre maison de correction — chant féminin, sensuel, langoureux, embarrassant — dont le refrain regorgeait de métaphores religieuses. Les villageois entouraient ainsi, avec ébahissement, quinze garçons sous-alimentés, qui chantaient, vêtus de manteaux taillés dans de la toile imperméable kaki. Un sentiment d'humiliation et une sombre colère, devenus notre lot quotidien, bouillonnaient dans nos cœurs.

Dès que le garçon eut regagné nos rangs tout en reniflant bruyamment des grains de blé qui s'étaient coincés dans ses narines après ses vomissements, nous avons pris le départ en toute hâte, sans cesser de hurler la troisième reprise du refrain et en faisant claquer nos souliers de toile.

C'était une époque de tueries. Tel un interminable déluge, la guerre inondait les plis des sentiments humains, les moindres recoins des corps, les forêts, les rues, le ciel, d'une folie collective. Nous étions internés dans un vieux bâtiment en briques : même dans la cour, soudain un soldat était tombé du ciel ; un jeune soldat, qui se trouvait dans la carcasse opaque d'un avion, les fesses obscènement à l'air, s'était mis, dans sa panique, à mitrailler. Un matin, nous nous apprêtions à sortir en rang pour nous rendre au travail, lorsque notre éducateur-accompagnateur reçut en plein visage le corps d'une femme, qui venait de mourir d'inanition et qui était restée appuyée contre le portail hérissé de barbelés agressifs. Presque toutes les

16

nuits et parfois jusqu'en plein jour, nous étions bombardés et les incendies tantôt illuminaient, tantôt souillaient d'une fumée noire le ciel au-dessus de la ville.

Il suffirait de noter simplement que, à cette époque-là, où les adultes qui avaient perdu la raison se démenaient en ville, il existait une curieuse passion pour interner les enfants, du moment qu'ils avaient une peau lisse, recouverte d'un duvet aux reflets châtains, qu'ils avaient commis des bêtises insignifiantes ou même qu'ils étaient simplement considérés comme dotés d'une tendance à l'inconduite.

Lorsque les raids aériens s'intensifièrent et présentèrent des symptômes de phase finale, notre maison de correction se résolut enfin à procéder à la restitution des détenus, mais la plupart des familles ne se manifestèrent guère pour accueillir leur encombrante progéniture. Ainsi les éducateurs révélèrent-ils leur détermination obsessionnelle à garder leurs proies et projetèrent-ils l'évacuation collective des jeunes.

Il restait avant le jour du départ deux semaines de battement durant lesquelles les dernières lettres de rappel furent envoyées aux parents, les sommant de récupérer leurs enfants, ce qui suscita chez ces derniers un violent espoir. Au cours de la première semaine, ce fut pour moi une joie de voir mon père, qui pourtant jadis m'avait dénoncé, apparaître chaussé de bottes militaires et coiffé d'une casquette d'ouvrier réquisitionné pour le service du travail obligatoire, en compagnie de mon petit frère. En réalité, ne trouvant pas de lieu de repli pour mettre mon frère en sécurité, il avait eu finalement l'idée de l'intégrer à l'évacuation collective de la maison de correction. Je fus accablé de désespoir. Néanmoins, quand mon père fut reparti, j'ai serré fort mon frère contre moi.

Pendant les deux ou trois premiers jours, il s'assimila aux jeunes délinquants, revêtant leur uniforme, et il en fut inimaginablement excité de curiosité et de joie. Il parlait interminablement à ses camarades, les yeux humides de respect et les suppliait de lui raconter leurs délits. Même quand, la nuit venue, il se couchait sous la même couverture que moi, il haletait longuement en ressassant les récits d'expériences violentes qu'il venait d'entendre. Maintenant qu'il connaissait par cœur l'Histoire brillante et sanglante de ses compagnons, il s'attelait à examiner ses propres méfaits imaginaires. De temps à autre, il se précipitait vers moi et me racontait, les joues en feu, des exploits imaginaires comme d'avoir tiré avec un fusil à air comprimé dans l'œil d'une fillette. C'était ainsi qu'il s'était glissé, avec la souplesse de l'eau, dans notre vie collective. À cette époque de tuerie, à cette époque de folie, les enfants que nous étions constituaient peut-être l'unique élément susceptible de créer une solidarité intense. Puis, lorsque se furent écoulées les deux semaines d'espoir et de désillusion, notre groupe, y compris mon jeune frère, lança, avec une curieuse fierté, le signal du départ pour un voyage d'humiliation.

Le départ... le départ nous permit de quitter ces murs incroyablement bizarres, orange comme un kaki fripé. Mais cela ne signifiait nullement que nous ayons acquis par là la moindre liberté. C'est comme si nous avions fait une marche dans une galerie reliant deux grottes. La disparition des exaspérants murs orange a été remplacée par l'apparition d'innombrables nouveaux gardiens qui avaient des bras rustres de paysans. Le peu de liberté dont nous avons pu jouir pendant notre voyage existait déjà à l'intérieur des murs. Si nous avions découvert un nouveau plaisir en dehors des murs, c'était, au fond, le simple fait que nous ayons pu voir beaucoup de garçons « purs » et nous moquer d'eux.

Depuis le départ, nous avions inlassablement répété des tentatives de fugue, avant d'être capturés par des villageois dévorés de malveillance dans les moindres recoins des bourgs, des forêts, des rivières, des champs et ramenés plus morts que vifs. Pour nous qui étions venus d'une ville lointaine, les villages étaient d'épais murs transparents et élastiques. On avait beau s'y glisser, on en était lentement repoussés, avant d'en être totalement rejetés.

Par conséquent la liberté dont nous avions la jouissance se réduisait à marcher sur la route du village, en soulevant énergiquement un nuage de poussière ou en s'enfonçant dans la boue jusqu'aux chevilles, à profiter de l'inattention de l'éducateur quand nous dormions dans un temple, un sanctuaire ou une grange, pour négocier avec les

19

adultes du village à toute vitesse afin d'obtenir en troc tout juste de quoi manger, à tenter d'attirer les filles du village en sifflotant, tout en étant désespérés de porter l'uniforme de la maison de correction, sali par notre voyage.

Notre voyage devait se conclure au bout d'une semaine. Mais les négociations entre l'éducateur qui nous accompagnait et les maires des villages qui devaient nous accueillir se sont soldées par des échecs, les unes après les autres, et cela faisait déjà trois semaines que cela durait. Nous espérions atteindre pendant l'après-midi un village isolé au fond des montagnes, qui était notre ultime étape. S'il n'y avait pas eu les fugueurs, nous serions déjà arrivés, nous aurions été en train d'observer, assis, les pourparlers entre le responsable du village et notre éducateur-accompagnateur, ou bien nous serions allongés par terre pour nous reposer.

Quand l'excitation qui était montée au moment de la disparition des fugueurs se fut refroidie, nous nous sommes mis à marcher d'un pas pressé, en silence, penchés en avant, nos sacs de survie fermement fixés à nos ceintures. Nous cheminions — à commencer par le garçon que ses douleurs abdominales faisaient gémir —, chacun plongé dans ses pensées, en partageant des sentiments qui étaient presque tous désagréables, des sentiments qui s'enflaient dans nos cœurs et qui nous montaient jusqu'à la gorge.

Notre voyage allait toucher à sa fin. Même s'il ne s'agissait que d'un déplacement dans une galerie souterraine, tant que le voyage continuait, des occasions s'offraient du moins de tenter des fugues impossibles, mais si, à force de nous enfoncer à l'infini, nous trouvions un village où nous installer, dans les montagnes, au-delà de la vallée, nous nous sentirions enfermés entre des murs plus épais et dans un abîme plus profond que lorsque nous avions été pour la première fois internés derrière les murs orange de la maison de correction. Et nous serions découragés. Une fois que ces nombreux villages, que nous avions traversés dans notre voyage, avaient bouclé une solide boucle, il semblait qu'il fût impossible de s'en soustraire.

L'échec de la fugue de Minami et de son complice, qui aurait probablement été la dernière, se trouvait à la base de notre sentiment pesant, déplaisant et irritant. Et nous éprouvions autant de colère et de rancune que Minami à l'égard du garçon qui, pour un problème aussi stupide qu'un mal de ventre, avait fait échouer la dernière tentative sur laquelle nous comptions tous. Quand il gémissait de douleur en marchant, nous faisions exprès de siffloter pour exagérer notre indifférence et certains n'hésitaient pas à jeter des pierres sur le derrière douloureux du petit.

Seul mon frère, indifférent à notre frustration contenue, prenait soin de lui et demandait à Minami des détails sur l'aventure de leur fugue. Mais l'excitation et la gaieté ordinaires de mon frère ne pouvaient pas ébranler notre dépression générale. Quand finalement il fut épuisé, lui aussi,

21

par notre marche, nous n'étions plus qu'un groupe de garçons vêtus d'un uniforme aux couleurs et à la coupe sinistres, qui avançaient, la tête baissée, indifférents aussi bien aux fermiers et à leurs familles qui, de temps en temps, apparaissaient de part et d'autre de la route, se précipitant hors de chez eux pour observer le cortège, qu'aux chiens qui aboyaient au passage. Il n'y avait plus que l'éducateur robuste nous accompagnant seul, qui avançât en bombant le torse.

À poursuivre cette marche inerte, nous n'aurions jamais atteint notre destination, quand bien même nous aurions avancé jusqu'à l'aube. Or, après avoir traversé précautionneusement un pont dangereux qui risquait d'être emporté par la crue et après avoir suivi une route secondaire, nous avons débouché sur la grand-route qui venait du département limitrophe, et là nous avons vu un attroupement de jeunes en uniforme et de cadets empreints d'une extraordinaire solennité et débordant d'une vitalité juvénile, et des membres de la police militaire plus âgés, armés de fusils, debout dans un camion peint en treillis, stationné à proximité. Nous avons aussitôt retrouvé notre énergie et lançant des hourras, nous nous sommes précipités vers eux.

Les soldats se sont immédiatement retournés vers nous à nos cris, mais ils n'ont guère réagi et ils sont restés crispés. Armés de sabres courts, ils avaient les mâchoires tendues, les lèvres entrouvertes et leurs têtes bien découpées avaient un port parfait : ils étaient aussi beaux que des chevaux dressés avec le plus grand soin. Nous nous sommes approchés à un mètre d'eux et nous les avons observés avec un soupir d'admiration. Aucun d'entre nous n'a osé s'adresser à eux, de même qu'ils gardaient un silence mélancolique, comme sous le coup de l'épuisement. Ces jeunes soldats auraient pu travailler à déterrer des racines de pins afin d'en extraire, par une distillation sèche, une huile puante, épaisse et visqueuse ; ils auraient pu rôder en ville en tenant des propos ignorants et obscènes, dans un élégant costume : mais maintenant qu'ils laissaient, dans un égarement silencieux, leur doux visage capter la lumière crépusculaire, filtrant entre les branches des arbres à feuilles caduques, clairsemés sur la pente douce, il se dégageait de leur corps une force d'attraction aussi violente qu'une odeur.

— Écoute, tu sais, me dit Minami en approchant ses lèvres de mon oreille, au point de la toucher presque, avec ces gars-là, je pourrais coucher n'importe quand, et je me fiche que mes hémorroïdes se déchirent et s'enflent. Il suffira juste d'une biscotte.

De la salive parut aux commissures de ses lèvres relevées, et il fixa son regard brillant de sensualité sur les fesses vigoureuses, charnues et légèrement détendues des soldats, tout en poussant des soupirs.

— Quand on m'a chopé, j'étais en train de coucher avec un type comme ça, dit-il, son visage trahissant soudain son dépit. Et alors? Tu crois que pour une biscotte on va me traiter de pute?

— Mais, tu sais, ils sont là pour arrêter les pédés, dis-je. Qu'ils soient putes ou pas.

— Bof, répondit Minami distraitement avant de s'avancer, se frayant un chemin parmi nos camarades, afin de mieux observer ceux qui, jusqu'à son internement, auraient été des clients.

Mon frère, qui avait écouté attentivement la conversation entre les militaires et l'éducateur, se retourna vers moi et accourut en sautillant, les épaules frémissant d'excitation.

— C'est une fugue! dit-il avec cette façon de murmurer un secret en se faisant prier. C'est un cadet qui s'est enfui dans la forêt. Ils le cherchent tous. Si nous entrons dans la forêt, ils risquent de nous tirer dessus.

— Dans la forêt? m'écriai-je, étonné. Pourquoi s'est-il enfui dans la forêt?

— Il s'est enfui, répéta mon frère, surexcité. Il s'est enfui et il est dans la forêt.

Quand nos camarades nous ont entourés, mon frère a répété ces informations comme une chanson. Nous nous sommes approchés des militaires. L'éducateur a agité le bras et, en pointant un doigt vers un arbre, il nous a ordonné de l'attendre là-bas. Il continuait à exposer avec enthousiasme son opinion sur l'état des routes que nous avions parcourues, comme s'il avait voulu que les militaires l'interrogent davantage. Quant à nous, au comble de l'excitation, nous étions rassemblés au pied d'un

24

camphrier trapu, aux branches déployées, et observions avec force grommellements et trépignements, tour à tour, les cadets à l'air mélancolique, les militaires qui posaient, avec morgue, des questions à l'éducateur et les flancs d'une montagne ocre dont les feuilles mortes avaient des reflets mauves à la lumière du crépuscule : c'est là que le déserteur devait se cacher à présent. Un long laps de temps s'est écoulé sans que nous ayons la moindre idée du contenu des pourparlers avec les militaires, ce qui a fait retomber notre excitation et nous a replongés dans notre mauvaise humeur.

Les visages des militaires furent enveloppés d'obscurité dès que s'installa la fraîcheur de la nuit. C'est alors qu'un homme s'est présenté sur un vélo démodé, qui avait pour seul éclairage une lampe de poche grosse comme une tête de chien. Il s'est mis à parlementer avec les militaires, puis il a hissé sa bicyclette sur le camion. Un membre de la police militaire a hurlé un ordre et les cadets se sont mis en rang. L'éducateur a ensuite couru dans notre direction.

— Ils vont vous transporter en camion jusqu'à notre destination, annonça-t-il.

Nous avons aussitôt retrouvé notre excitation. Et nous avons grimpé sur le camion en poussant des cris. Tandis qu'il démarrait avec un vrombissement sonore, nous avons été envahis d'une soudaine émotion, en constatant que les cadets en rang reprenaient la route en sens inverse dans la nuit noire.

Le camion montait une côte étroite et escarpée avec des tremblements et des râles. Par endroits, la route était effondrée à cause des inondations et nous étions alors contraints de descendre, de contourner le camion par l'avant et de nous tenir sur le bas-côté rougeâtre et glissant, éclairé par les phares, pour observer en plissant les yeux son périlleux passage. Mais le cycliste entre deux âges, assis sur son vieux vélo aux épaisses tubulures renversé sur le côté, fumait des cigarettes irritantes, roulées dans des herbes des champs séchées, et ne descendait jamais. Il maintenait ainsi en silence une totale indifférence à notre égard tout en promenant timidement ses yeux fortement injectés de sang sur nos frêles épaules et nos genoux. Mais il ne tardait pas à détourner lentement le regard. Puis le camion s'est engagé dans une route de montagne cabossée, en ralentissant, mais en faisant gronder péniblement le moteur dans la couche épaisse de l'air nocturne. Tandis que la route se rétrécissait de manière visible, de menus feuillages noirâtres et inquiétants nous menaçaient des deux côtés et nous avions les joues piquées par un vent froid, humide de brume : de quoi laisser notre excitation se propager en nous sans la consumer.

Tout à l'arrière du camion, un militaire, assis en tailleur avec un genou relevé, serrait les lèvres face aux bourrasques : sa carrure était assez impressionnante pour faire taire nos murmures. Par conséquent notre expédition nocturne s'est déroulée dans un parfait silence si l'on exceptait les gémissements de celui d'entre nous qui avait mal au ventre. Cependant, chaque fois que les phares du camion éclairaient la vallée, couverte d'arbres sombres, comme tentés par les eaux de la rivière qui montaient brusquement, et qu'ils se reflétaient dans les hauteurs poursuivant les cris des animaux de la nuit qui se déchaînaient soudain dans les profondeurs de la forêt, nous tentions de percer les ténèbres et de surprendre le fugitif qui se tapissait quelque part.

L'épuisement d'un long voyage, notre excitation inassouvie, les vibrations du camion, la surveillance du militaire, tout cela conjugué nous a tous fait sombrer dans un sommeil écrasant et nous avons posé nos petites têtes sur le plancher de bois dur et râpeux. Pour protéger le repos enfantin de mon frère qui respirait bruyamment, j'ai pris dans mes bras sa tête à la forme régulière, mais je me suis endormi à mon tour en m'écroulant sur lui.

Brouhaha bruyant au sortir d'un sommeil peu profond, bras qui secouait violemment mon corps : ce réveil désagréable était devenu presque quotidien à cause des raids aériens répétés. Quand, étendu de tout mon long sur le plancher du camion, j'ai ouvert les yeux en geignant, mon frère, dont les lèvres crispées semblaient former des mots, essayait de me réveiller en me secouant. Mes compagnons étaient déjà descendus du camion, tandis que le villageois se démenait, étirant ses membres courts, pour détacher la roue avant de son vélo qui était coincée à l'arrière du camion. Je me suis hâté de me relever et, après m'être épousseté, je lui ai prêté main forte en poussant le guidon froid et humide. La bicyclette était si lourde que j'ai dû y mettre toute ma force et, par-dessus mes bras tremblants, le villageois m'a adressé un sourire mou, mais aimable. Quand il eut descendu le vélo, j'ai sauté à terre, mais mon frère, lui, hésitait. Le villageois alors l'a pris dans ses bras vigoureux et quand il l'a fait descendre, mon frère qu'il chatouillait a eu un gloussement discret.

— Merci, dit mon frère à voix basse, comme cela convenait à une amitié immédiate.

— De rien, répondit le villageois en saisissant le vélo.

Au-delà des strates d'air dans les ténèbres de la nuit, au-delà de la route qui était devenue extrêmement mince et se découpait, toute blanche, il y avait un feu entouré d'un groupe d'hommes. C'est vers cet endroit que se dirigeaient les hommes de la police militaire et l'éducateur. Le villageois les suivait en chancelant maladroitement au-dessus de la selle. En les observant, rassemblés le long du camion, nous sentions que nous avions la chair de poule sur la nuque. Il faisait froid. C'était un froid d'une nature spéciale, comme si nous nous étions égarés sous un tout autre climat ; un nouveau type de froid qui pénétrait jusque dans les profondeurs du sentiment. Je me suis dit : ça y est, là on est vraiment dans les montagnes. Nous avons pitoyablement serré nos maigres épaules les unes contre les autres, avec des soubresauts, comme des chiens.

C'était aussi parce qu'il se dégageait autour du feu, là-bas, une sorte de tension aussi dense que les arbres de la forêt et qu'elle provoquait en nous, par réaction, un subtil frémissement. Nous contemplions en silence les militaires qui se joignaient au groupe et commençaient les pourparlers.

Autour des militaires, une discussion animée a débuté. Mais rien ne parvenait à nos tympans pourtant désespérément attentifs. Nos yeux, maintenant habitués à l'obscurité, percevaient néanmoins à chaque flambée intermittente du feu les gestes lents des nombreux cadets et des villageois qui portaient de longues lances de bambou ou des houes. On aurait dit qu'une petite guerre se préparait. Nous avions le corps raide en observant ce manège.

Du cercle des adultes qui discutaient avec animation, le villageois est revenu, le porte-bagage de son vélo chargé de bûches. Après les avoir déchargées, il est retourné là-bas en silence et il est revenu en portant cette fois-ci une branche verte qui brûlait en suintant abondamment. Tandis qu'il appuyait son vélo contre un arbre, nous avons entassé les bûches pour faire un feu. Mais elles avaient du mal à s'enflammer. Nous nous sommes alors précipités en tremblant dans le bois clairsemé et sombre et nous avons rapporté de pleines brassées de feuilles mortes et de brindilles qui se cassaient avec un son sec : et nous les avons soigneusement rangées autour du feu. Le villageois a alors essayé d'attiser les flammes en plongeant carrément la tête dans la fumée : sur son épaisse et courte nuque, extraordinairement basanée, d'une couleur ocre, sur sa nuque qui, malgré sa lourdeur, semblait complètement immatérielle et desséchée, apparaissaient des traces innombrables de brûlures à chaque embrasement spasmodique du maigre feu.

Au milieu de notre cercle le feu s'est mis à crépiter sourdement, et une rassurante fumée s'en est dégagée : cette patiente préparation nous a fait alors partager avec le villageois une intense sympathie. De plus, sous notre peau glacée nous sentions bouillonner un sang vif provoquant d'agréables démangeaisons et nous relâchions spontanément nos joues et nos lèvres. Il en était de même pour le villageois. Nous sourions sans raison autour de ce feu soudain vigoureux, dont émanait une douce odeur.

— Monsieur, vous êtes forgeron ? demanda discrètement mon frère. N'est-ce pas ?

— Oui, répondit le villageois, ravi. À ton âge, je forgeais des faucilles.

— C'est formidable ! s'écria mon frère avec une franche admiration. Je pourrais le faire ?

— Ça dépend de l'entraînement, répondit le villageois. Tu as vu mon vélo ? C'est moi qui ai amélioré les pédales. Je les ai rendues plus résistantes.

Le forgeron se releva. Il alla prendre son vélo au pied de l'arbre et il le posa aisément sur ses genoux de côté. Sous nos yeux émerveillés, il effleura du bout de son pouce gercé l'essieu trop épais des pédales — maladroites et irrégulières, mais humaines comme une houe ou une faucille — puis le pied d'appui bancal, et il eut un petit rire.

— Moi, dit mon frère, je ne savais pas qu'on bricolait des vélos chez le forgeron.

— N'est-ce pas? dit-il en reposant le vélo sur le sol noirâtre, d'où montait la vapeur que causait la chaleur du feu, et en jetant deux ou trois bûches dans les flammes. Tout le monde pense comme ça.

Nous gardions tous le silence, en écoutant le crépitement de la résine qui éclatait, le souffle sourd de l'air, le bruit mat de la cendre qui s'effritait et le rire guttural du villageois; pendant un instant, nous avions tous en tête l'unique vélo qui existait dans la maison de correction. Maintenant il devait être abandonné contre le mur et le caoutchouc des pneus maculés de terre devait être couvert de menues fissures...

Autour de l'autre feu de joie, un puissant brouhaha s'éleva. Un homme lançait un ordre d'une voix percutante. Nous fixions le fond des épaisses ténèbres en levant la tête, pour constater que là-bas les hommes se mettaient en rang.

— Ce sont des cadets, n'est-ce pas? demanda un camarade au forgeron. Ils font leur entraînement ou ils cherchent le déserteur?

— Ah..., répondit le forgeron sans se faire prier davantage. Ils font une battue dans les montagnes. Pas uniquement les cadets. Tout le village a été convoqué. Ça fait trois jours qu'on court dans les montagnes, mais on n'a rien trouvé. Si le déserteur a réussi à s'enfuir jusqu'ici, c'est normalement une impasse. Le seul moyen pour nous rendre dans notre village de l'autre côté de la vallée, c'est de prendre un wagonnet. On ne peut plus traverser la vallée à cause du glissement de terrain suite à la crue. Il est inutile de chercher par ici. Nous, on va arrêter la battue et rentrer au village. Le soldat a dû tomber dans la vallée et a dû se noyer.

La battue dans les montagnes... la battue nocturne et silencieuse des adultes du village avec des lances de bambou et des houes... le soldat qui, pris en chasse, court dans la forêt, tombe dans la rivière en crue dans la vallée et périt noyé... Nous avons tous poussé un profond soupir et nous nous sommes abandonnés à cette image sanglante de la battue qui nous bouleversait. C'était une crise gigantesque comme une bête qui aurait frotté sa tête obscure contre nos corps. Oui, la battue.

— C'était terrible, non ? demandai-je. La battue dans les montagnes !

— Ah, c'était atroce ! répondit le forgeron. Pire que la chasse au sanglier. Les gens du village pendant trois jours ont couru, sans boire ni manger, en battant les broussailles.

Malgré ces paroles amères, le forgeron gardait un air joyeux dans la lumière des flammes qui se reflétaient sur ses lèvres épaisses et moites.

— C'était atroce, reprit-il lentement. On avait le corps lacéré d'écorchures. Et avec ça pas un lapin en vue.

— On peut attraper des lapins en faisant une

battue? demanda mon frère avec un étonnement manifeste. Ou ce sont des lièvres?

— On attrape tout ce qui bouge, répondit avec sérieux le forgeron. Que ce soit un pigeon, un faisan ou un lapin.

Mon frère s'avançait déjà pour l'assaillir de questions sur les petits animaux, comme il aimait toujours le faire, quand l'éducateur et un villageois de grande taille vinrent à pas pressés vers nous. Le forgeron a fait le geste d'interrompre cette conversation, en serrant les lèvres et en ramenant les genoux sur sa poitrine; nous nous sommes de nouveau sentis crispés.

— Voici Monsieur le Maire qui va prendre soin de vous. Debout tout le monde et faites le salut! dit l'éducateur d'une voix rassérénée. Rompez!

Nous nous étions mis debout et nous observions un homme de grande taille à la mâchoire aiguë : il était habillé d'un vêtement de travail taillé dans un épais tissu de coton et coiffé d'un casquette en fourrure qui recouvrait ses oreilles. Il nous regarda à son tour : il avait des paupières molles, mais ses iris aux reflets ocre avaient de l'éclat.

— Il y a déjà trois jours que tout est prêt pour votre accueil, dit le maire. Rassurez-vous.

Les commissures de ses lèvres, qui remuaient comme s'il avait mâché des céréales, laissaient apparaître des poils drus.

— Je confie maintenant votre sort à Monsieur le Maire, annonça l'éducateur. Je reprends la route dans le camion de l'armée pour aller chercher le deuxième groupe. Je vous demande d'agir avec responsabilité. Compris?

Nous avons tous acquiescé ensemble. La voix du maire s'interposa :

— Si vous vous comportez mal, nous saurons agir en conséquence.

— Ne causez aucun souci à Monsieur le Maire. Le chef d'équipe devra retenir les noms de ceux qui auront enfreint les règlements. Quand l'évacuation sera terminée, ils seront punis.

Ce type de procédure nous poursuivrait donc dans les moindres recoins, contraignant et retardant tous nos gestes et nous précipitant dans un chaos étouffant de fatigue et d'exaspération. Remise de la liste de nos noms, appel, nomination du chef d'équipe, hymne de la maison de correction chanté poussivement : les paysans aux visages maculés, aux blouses en lambeaux, se sont rassemblés autour de nous par curiosité, les armes à la main, alors que nous mourions de faim. Nous nous sentions pitoyables, effrayés et à bout de nerfs.

Devant l'autre feu de joie, les cadets marchaient en rang vers le camion. Tandis que le véhicule faisait demi-tour à grand fracas, nous les observions : ils étaient épuisés, mélancoliques, moroses, silencieux; ils n'étaient plus ni jeunes ni beaux. Eux aussi, ils avaient dû participer à la battue dans les montagnes en courant sur les sentiers imprégnés de pluie et dans la vallée où le terrain s'était effondré, ce qui avait totalement éteint la beauté sensuelle, animale et vigoureuse qui était d'habitude la leur.

Nous avons laissé l'éducateur qui montait dans le camion avec les cadets, et gravi un sentier raide et étroit, entourés par des paysans silencieux. Les touffes sombres des broussailles nous menaçaient des deux côtés et égratignaient notre peau glacée. Nous étions blessés et nous saignions aux doigts, sur les joues et derrière l'oreille sur la nuque. Quand le vrombissement qui provenait probablement du camion se calma, nous étions en train de marcher à pas pressés, le buste penché, prêtant l'oreille, dans le silence de la nuit, au fracas de l'eau qui venait du fond de la forêt. Nous avons traversé la forêt et, arrivés au sommet du précipice, nous nous sommes retrouvés sur un terre-plein de pierre extrêmement étroit. Le mutisme des villageois était si contagieux que personne parmi nous n'osait parler.

Au bout du dallage sombre, il y avait une structure de bois où se reflétait une infime lueur blanchâtre. Un wagonnet pour le transport de bois était stationné sur des rails qui enjambaient la vallée. Nous sommes montés dans le wagonnet en suivant les instructions du maire.

— Ne bougez pas. Ne bougez jamais.

Il a donné le signal à haute voix au mécanicien qui semblait se trouver de l'autre côté de la vallée.

— Si l'un d'entre vous bouge, continua-t-il, vous tomberez tous et mourrez. Ne bougez pas. Ne bougez jamais.

Les cris exaspérés et pesants du maire s'abattirent sur nous comme une nuée de moucherons bourdonnants, collant à notre peau crasseuse et se mêlant au faible bruissement de l'eau. Le son montait discrètement du fond obscur de la vallée profonde. Comme des chiens capturés par la fourrière, nous attendions le départ assis immobiles, blottis les uns contre les autres. *Ne bougez pas. Ne bougez jamais. Si l'un d'entre vous bouge, vous tomberez tous et mourrez. Ne bougez pas. Ne bougez jamais.*

Puis le wagonnet s'est mis en marche. Ainsi chargé, il avançait lentement, en tremblant légèrement, sur les rails qui enjambaient la vallée sombre et profonde ; il se dirigeait vers une forêt plus sombre encore que la vallée, sur l'autre flanc ; il avançait dans le parfum entêtant d'écorces et de bourgeons, que les arbres dégageaient. L'air hivernal, sec et dur enveloppait hermétiquement la caisse de bois qui glissait sur les rails étroits et instables, avec son chargement de jeunes enfants accablés, tirée par un filin métallique.

J'ai tendu le bras entre les corps de mes camarades agglutinés et, en tâtonnant, j'ai trouvé la petite main molle de mon frère, que j'ai serrée. Mon frère a répondu à ma pression avec le peu de force qu'il avait : la chaleur de ses doigts et ses pulsations enfantines m'ont transmis un sentiment de vitalité aussi alerte et souple qu'un écureuil ou un lièvre. Et c'était en même temps quelque chose que ma main devait communiquer à la sienne. L'angoisse insondable qui convulsait mes lèvres, ajoutée à ma fatigue, se répandait dans tout mon corps : je craignais qu'elle ne contaminât mon frère à travers nos mains serrées, mais probablement l'éprouvait-il déjà. Entassés comme des chiens qui auraient perdu toute force de résistance, exposés à un transport dangereux, tous mes compagnons enduraient cette épreuve, les lèvres crispées d'anxiété.

Sporadiquement, d'un flanc à l'autre, les adultes poussaient des cris rustres en dialecte, que la frustration semblait exaspérer et qui se répercutaient en tous sens au fond de la vallée. Mais cela n'avait pratiquement aucun sens à nos oreilles. Outre le riche parfum qui se répandait dans la nuit et le grincement des rails, tout s'agitait bien au-dessus de nos petites têtes accablées, comme la bourrasque un soir d'orage.

Le garçon qui, pendant la longue marche jusqu'à la vallée, s'était plaint de douleurs abdominales, s'est remis à geindre en serrant les dents. Il s'efforçait de supporter sans contorsions la souffrance qui lacérait ses tripes, sans pouvoir retenir de faibles râles.

— Attention, dit Minami d'une voix calme, ne me dégueule pas dessus.

— Oh, fit le garçon dans un soupir, en étouffant un geignement.

Derrière les corps agglutinés de mes camarades, j'ai aperçu le visage menu et livide de l'enfant qui pressait une main sur sa bouche et j'ai aussitôt baissé les yeux. Que pouvait-on faire ? Jusqu'à ce que le wagonnet surchargé de passagers ait fini de traverser la vallée, nous devions garder nos postures.

Finalement, le wagonnet s'arrêta avec un faible choc, quand un jeune paysan, qui enjambait le câble enroulé sur un épais rouleau de bois à peine taillé, se pencha pour insérer rapidement une cale.

— Vous êtes arrivés. Descendez vite!

II. LA PREMIÈRE
PETITE TÂCHE

Encerclés par des villageois qui gardaient le silence, saisissant fermement les armes, nous sommes descendus par un chemin étroit qui traversait la forêt sombre et humide. Montant du fond de la forêt, des craquements d'écorces gelées, le discret bruissement des petits animaux en fuite, le chant strident des oiseaux et leur soudain froissement d'ailes nous assaillaient et nous ont cloués au sol à plusieurs reprises. La nuit, la forêt était une mer agitée dans le calme. Les villageois nous devançaient et nous suivaient, comme si nous étions des prisonniers de guerre, mais ce n'était nullement nécessaire. Même aux plus audacieux d'entre nous, le courage manquait pour qu'on se précipite dans cette forêt gigantesque et muette, mouvante comme un océan.

À la sortie de la forêt, au fond des ténèbres plutôt pâles, un chemin s'étendait, avec une déclinaison plus douce, couvert de galets agréables sous la plante des pieds, car ils avaient été arrondis durant de longues années par la pluie et le vent. Tout au bout, le long d'une vallée étroite et sinueuse, se tapissait une petite agglomération.

Les maisons s'entassaient, chacune refermée sur elle-même, noires comme les arbres de la forêt obscure. À mi-flanc et jusqu'à l'extrême fond de la vallée, elles se succédaient irrégulièrement, blotties en silence comme des bêtes nocturnes. Nous nous sommes figés pour les contempler non sans émotion.

— À cause du couvre-feu, les lumières sont éteintes, nous expliqua le maire. Mais votre logement se trouve un peu plus haut que ce groupe de maisons là-bas : dans le temple à droite du mirador.

En plissant les yeux, nous avons repéré, en effet, dans les hauteurs plus sombres où commençaient les pentes abruptes de la montagne d'en face, une petite tour rudimentaire en acier, comme une sorte de plante qui se fondait dans le paysage de la forêt ; puis en bas à droite, une grande maison sans étages, plus vaste que celles de l'agglomération du fond de la vallée, et une maison à étages, tout aussi grande, qui lui faisait face. Cette dernière était entourée de plusieurs dépendances, plus basses, entourées d'une murette en argile. Nous avons constaté que de l'étroite surface du mur émanait une lueur pâle.

— Moi, j'aimerais vivre dans cette maison à étages, déclara mon frère, suscitant un éclat de rire chez les villageois.

Ce rire recelait une force et une volonté de mépris.

— Votre logement se trouve dans la maison basse, de l'autre côté, répéta le maire. Vous avez compris ?

— Oui, répondit mon frère, d'une voix qui trahissait sa déception. Je pensais bien que c'était ça.

Nous avons repris notre marche, tandis que l'agglomération de la vallée s'enfonçait dans l'ombre des arbres séculaires qui se dressaient de part et d'autre du chemin dallé et dont les faîtes noirs se découpaient dans le ciel. Mais nous devions marcher encore longtemps. Lorsque enfin nous sommes descendus au fond de la vallée, elle nous est apparue plus large et plus compliquée que nous ne l'avions imaginée, avec, au milieu des habitations, une poignée de champs dont les légumes, brillant de gel, n'avaient pas encore été récoltés. Les volets des maisons étaient fermés et les habitants semblaient déjà au lit, mais nous nous sommes immédiatement aperçus qu'à travers les interstices des persiennes ou au coin des fenêtres, des regards scintillants nous épiaient. Nous avons dû baisser les yeux, pour les ignorer. Les chiens aboyaient.

Complètement en bas de la pente, notre cortège a changé de direction, laissant là près de la moitié de notre escorte. Nous sommes remontés par un sentier étroit et escarpé, dans de suffocants effluves de moisissure et d'ordure. Nous sommes passés près d'un puits à découvert et nous sommes retrouvés sur un autre chemin dallé. Il y avait, sur la gauche, une place et un bâtiment plein de fenêtres.

— C'est l'école du village, annonça le maire. Elle est fermée en ce moment. À cause de la crue, le raccourci qui conduit à la ville n'est plus praticable. Les instituteurs ne peuvent donc plus venir. On a dû fermer l'école.

Nous étions trop fatigués pour nous intéresser à l'école, aux instituteurs paresseux et aux enfants du village qui devaient se réjouir de ces longues vacances inespérées. Nous marchions en silence, la tête abattue. En continuant de grimper, nous sommes tombés sur un bâtiment qui ressemblait à un entrepôt. Puis est apparue, en haut de quelques marches en pierre, une maison entourée de murettes, qui avait été manifestement construite conformément aux règles authentiques de l'architecture, à la différence des constructions, bordant la route que nous venions d'emprunter, aussi misérables et précaires que des animaux. Derrière elle, s'étendait un petit jardin où se dressait un temple dont l'auvent semblait obstruer la vue du ciel. Nous nous sommes mis en rang dans le jardin pour régler des formalités tatillonnes, avant de nous installer dans notre nouveau logement. Puis des instructions et des informations nous ont été données : qu'il ne fallait pas faire de feu dans le temple, ni salir les toilettes et que, au début, les repas nous seraient fournis par les villageois; nous avons acquiescé docilement et rien de plus.

— Votre travail consistera à défricher la pinède

sur la colline. Ne lambinez pas, dit le maire en durcissant soudain le ton pour finir son discours. Les voleurs, les incendiaires, les excités seront battus à mort par les gens du village. N'oubliez surtout pas que vous n'êtes que des bouches inutiles. Nous avons la bonté de vous protéger et de vous nourrir. Gardez toujours bien en tête que vous n'êtes que des bouches inutiles et indésirées. Compris ?

Épuisés, gagnés par le sommeil comme une éponge imbibée d'eau, enfants que nous étions, nous restions immobiles dans ce jardin sombre et glacé, tellement abattus que nous ne pouvions même pas parler. Pourtant, avant de pénétrer dans l'enceinte, nous devions encore nous laver les pieds et nous soumettre à une inspection corporelle.

Quand le dernier villageois est parti, nous avons été plongés dans l'obscurité parce qu'il avait éteint l'ampoule nue du temple. Nous devions poursuivre notre repas tardif, patiemment, en tâtonnant avec nos doigts salés et humides de salive à la recherche des pommes de terre, au contact rêche, dans le panier. Nous continuions à manger les pommes de terre froides et ruisselantes, tout en sentant silencieusement cette matière râpeuse et farineuse contre la muqueuse de nos bouches.

Ce dîner qui nous avait attendus au terme d'un long voyage... combien aliment et récipient étaient pauvres ! Des pommes de terre rachitiques dans trois paniers et une poignée de gros sel. Nous étions tellement déçus et dans une telle colère. Mais comme nous n'avions rien d'autre à faire, nous avons continué à manger patiemment. Nous étions assis sur les tatamis humides du pavillon principal, dans cette pièce entourée de murs blancs et de traverses épaisses et séparée par une porte de bois d'un petit vestibule au sol en terre battue et des cabinets. Et cela suffisait à rendre l'intérieur du temple étouffant. Il n'y avait pas d'autre pièce dans ce bâtiment et aucun villageois n'y habitait.

Il restait encore des pommes de terre, mais nos estomacs n'acceptaient plus cette pitance de misère. Nos esprits ramollis étaient comme inondés d'une tristesse ambiguë provenant du sommeil et de notre satiété. L'un après l'autre, nous avons abandonné les paniers, frottant nos doigts à l'arrière de nos pantalons et nous nous sommes couchés, partageant à plusieurs de minces couettes. Dans l'air sombre, nos yeux habitués à l'obscurité ont aperçu les poutres apparentes.

Les geignements du garçon qui avait eu mal au ventre pendant tout le voyage remplissaient la pièce exiguë dans les moindres recoins, mais aucun d'entre nous ne lui accordait attention. Immobiles, les yeux ouverts dans le noir, nous prêtions l'oreille. Des cris d'animaux indescriptibles, des craquements d'écorces, des vibrations causées par des rafales inattendues, tous ces bruits extérieurs nous assaillaient.

Mon frère qui dormait le front collé à mon dos releva soudain le buste. Il hésita un moment.

— Qu'est-ce qu'il y a? demandai-je en étouffant la voix.

— J'ai soif, répondit-il d'une voix rauque et mal assurée. Il y a un puits dans le jardin, n'est-ce pas? J'ai envie d'aller boire.

— Je t'accompagne.

— Ce n'est pas la peine, dit-il d'une voix fébrile qui dénotait sa mauvaise humeur. Je n'ai pas peur.

Je me suis laissé retomber sur la couche et j'ai entendu mon frère qui passait dans le vestibule en terre battue et essayait d'ouvrir la porte basse qui donnait dehors, mais il paraissait avoir du mal. Il a répété ses vaines tentatives et, après avoir fait claqué sa langue, il est revenu, manifestement désemparé.

— C'est verrouillé de l'extérieur, expliqua-t-il, déprimé. Je ne sais pas quoi faire.

— Verrouillé? intervint Minami sur un ton agité qui électrisa aussitôt l'atmosphère de la pièce. Je vais la défoncer.

Il bondit dans le vestibule et s'attaqua violemment à la petite porte, mais, contrairement à notre attente, il dut se contenter de vitupérer dans le vide.

Nous avons entendu les coups vaillants de Minami contre la porte qui résistait imperturbablement. C'était au-dessus de ses forces.

— Ah, les salauds! s'écria amèrement Minami,

45

en revenant lentement du vestibule et en se glissant sous la couette qu'il partageait avec des camarades. Ils ont décidé de nous enfermer. Sans nous faire boire et en nous bourrant de patates comme des cochons.

Une sorte de crise collective s'est emparée de nous : nous avions tous la gorge serrée. Des glaires visqueux se formaient dans nos bouches et nous avions la langue paralysée de douleur. Pourtant nous devions dormir. Et il faisait froid. Et la soif nous tenait éveillés. Le peu de force que nous gardions encore dans chaque partie de notre corps, nous la déployions à étouffer nos sanglots dans notre gorge que la soif insensibilisait.

Le lendemain matin, les hommes sont venus ouvrir la porte, les femmes nous ont apporté nos repas enveloppés de tissus rudimentaires et les enfants nous épiaient, cachés derrière des arbres ou à l'angle des maisons : sous leur surveillance, nous nous sommes goinfrés de boules de riz dures et marronnasses, saisissant à pleines mains des légumes cuits et nous avons bu du thé dans des gobelets de cuivre. Ça n'avait rien d'exquis et nous n'en avions pas à notre faim. Mais nous avons mangé en silence ce qu'on nous donnait.

Après le repas, le forgeron, un fusil de chasse en bandoulière, a gravi la côte, pendant que les autres adultes se sont dispersés. Seuls les enfants du village nous observaient avec passion et refusaient de partir. Les gestes et les paroles que nous leur adressions restaient sans réponse : ils gardaient un silence obstiné, le visage terreux et impassible.

Le forgeron nous fixa pendant un moment, comme s'il nous comptait. Puis il s'approcha du camarade que ses douleurs abdominales avaient tant épuisé depuis la veille qu'il n'avait pas touché à la nourriture qu'on avait déposée à son chevet. Quand nos regards silencieux ont convergé sur le robuste forgeron qui observait, accroupi, notre jeune camarade souffrant le martyre, il s'est retourné énergiquement, avec un léger sourire embarrassé.

— Sauf lui, tous au travail!

— Au travail? demandai-je.

— Dès le matin? fit Minami sur le ton de la plaisanterie. Si on se reposait aujourd'hui?

— Ce que vous allez faire aujourd'hui, reprit précipitamment le forgeron, ce n'est pas vraiment ce qu'on peut appeler du travail. On va enterrer des choses.

— Enterrer quoi? demanda mon frère, intrigué.

— Ne me pose pas toutes ces questions, riposta le forgeron excédé. Sortez et mettez-vous en rang.

Dans un grand brouhaha, nous avons lacé nos souliers et nous nous sommes précipités dans le jardin. Le forgeron s'obstinait à parler à notre camarade malade, resté couché. Dès qu'il est sorti, nous l'avons suivi dans la descente. À quelques pas de nous, les enfants marchaient à notre traîne. Mais quand nous nous sommes retournés en feignant de les menacer, ils ont aussitôt reculé, mais ils se sont remis à nous poursuivre, sans relâcher leur surveillance.

C'était le matin, un matin d'hiver ensoleillé et agréable. La route était recouverte de gravillons et la partie centrale, convexe comme un dos de mouton, était si sèche qu'il s'en dégageait de la poussière, mais les parties latérales étaient envahies de mauvaises herbes aux tiges jaunies et fanées, et couvertes d'aiguilles de glace qui craquaient sous nos pas, se brisant après peu de résistance. Du crottin de cheval avait gelé et l'air glacé, chargé d'imperceptibles relents, piquait la peau comme des flèches.

En bas de la pente, se trouvaient un chemin plutôt large, dallé de pierres de la taille d'une brique, aux angles arrondis, et de petites maisons. C'est ce que nous avions aperçu, la veille, à la nuit tombée, dans l'air obscurci. Mais maintenant les toits de chaume et les murs de torchis, baignés dans la lumière matinale, reflétaient un éclat d'or velouté. Et les montagnes qui nous avaient terrifiés pendant la nuit, la forêt clairsemée que traversait le chemin du fond de la vallée et les taillis qui poussaient à l'orée du bois sur une côte escarpée et sinueuse, encerclant le village, tantôt étaient plongés dans une lumière bleuâtre, tantôt brillaient de feux ocre pâle. Le chant des oiseaux s'élevait de toutes parts. Nous avons peu à peu ressenti une ferveur devenue soudain si ardente que nous avons presque eu envie de chanter. Nous étions arrivés dans ce village pour y passer le reste de l'hiver et les quelques saisons suivantes, et y travailler. Le travail était une bonne chose. Simplement le travail qu'ils nous avaient donné jusque-là était toujours d'assembler les pièces pour les jouets, de planter inutilement des pommes de terre dans un sol stérile ou, au mieux, de faire des mules à semelle de bois. Le silence du forgeron, qui, le dos courbé, avançait à pas pressés, nous faisait flairer un travail intéressant et gratifiant. Pleins d'espoir, nous avons senti nos narines se dilater pour aspirer avec un frémissement l'air froid.

— Il y a un chien mort! s'écria mon frère. Regardez, c'est un chiot.

Mon frère se précipita au pied d'un abricotier au milieu de petites broussailles. Sans cesser de marcher, nous avons aperçu, nous aussi, la bête.

— Il est mort parce qu'il a eu mal au ventre! dit mon frère, en se retournant vers nous, les joues en feu.

Deux ou trois jeunes camarades sont accourus à leur tour.

— Il a le ventre gonflé.

— Hé! hurla le forgeron, tout en restant impassible et en agitant de manière insignifiante son bras. Ne quittez pas le rang sans permission.

Mon frère et ses camarades, manifestement désemparés, ont regagné le rang. Je sentais que mon frère ne pouvait pas cacher son mécontentement de voir trahie la sympathie qu'il avait éprouvée la veille pour le forgeron.

— Tu n'as qu'à traîner le chien jusqu'ici, lui ordonna le forgeron sur un ton vague, où ne transperçait aucun sentiment particulier.

Nous avons ri, et mon frère est demeuré perplexe. Mais le forgeron a repris avec sérieux :

— Tu n'as qu'à l'attacher avec une corde et le tirer.

Mon frère n'a plus hésité. Il a vite ramassé sur le bas-côté herbeux une corde raidie et gelée et il s'est penché au-dessus du chien mort. Les autres, en poussant des cris d'enthousiasme, se sont joints à lui.

— Je parie qu'ils vont le faire griller et nous le donner à manger, dit Minami à voix basse, en exagérant un geste d'accablement. Ça va être terrible !

— Mais toi, tu manges bien du chat, dis-je. Même des rats. Qui sait quoi ?

— Il y a ici un chat mort, dit Minami quelque peu interloqué.

En effet, on entrevoyait à ses pieds les pattes délicates d'un chat aux poils touffus à travers les herbes entremêlées.

— C'est un chat tacheté.

— Ça aussi, rapporte ça au bout d'une corde, dit calmement le forgeron. Fais vite.

En proie à une vague inquiétude, nous avons attaché une corde aux cadavres du chat et du chien qui avaient le ventre gonflé et une grande gueule aux mâchoires serrées et nous les avons traînés.

Le long côté du bâtiment misérable de l'école, nous nous sommes engagés dans une venelle envahie d'herbes sur lesquelles restaient quelques traces de neige sale. Une pente raide descendait vers l'étroite vallée comme le fond d'un sac qui se referme. À mi-flanc, de l'autre côté, on apercevait des cavernes qui semblaient être des galeries de mine abandonnées, près desquelles étaient entassées des maisons misérables.

Nous nous sommes enfoncés dans la vallée, en hâtant le pas malgré nous.

À l'endroit où le sentier se perdait dans les herbes d'un pré, boueux à cause de la fonte du givre, se trouvaient une grange et une étable. Le forgeron glissa une épaule dans l'entrée de la grange bâtie en troncs d'arbres bruts.

— Vous en avez eu chez vous?

— Aucun, répondit un homme d'une voix grave et sonore.

L'homme semblait surgir du fond des ténèbres.

— Non, reprit-il. Pas un animal pour l'instant.

— Je t'emprunte des houes, dit le forgeron.

— Vas-y.

Le forgeron entra dans l'entrée en terre battue et ressortit avec des houes qu'il jeta sur le sol humide. C'étaient des houes qu'on utilisait dans les montagnes, les plus robustes, avec une lame d'acier épaisse et rudimentaire fixée à un manche court et gros. Nous nous sommes disputés pour les ramasser et les porter sur l'épaule. L'idée qu'on nous donnât des outils, surtout des outils agricoles qui paraissaient vigoureux, virils et éminemment humains, nous remplissait de fierté et nous encourageait.

Mais les procédés du forgeron n'étaient pas aussi humains. Pendant que nous ramassions les instruments et les chargions sur les épaules, il nous visait attentivement avec son fusil qu'il maintenait devant sa poitrine. Quant au villageois qui sortit de la grange, il nous observait impassiblement ainsi que les bêtes mortes que nous avions rapportées. Nous avons été un peu choqués par son apathie, mais de temps à autre, sous ses yeux, les poches maculées de coulées de chassie semblaient les fermer de force et provoquer son sommeil.

— C'est tout pour ce matin? demanda l'homme comme s'il s'ennuyait à mourir.

— Maintenant c'est au tour de tes vaches, répondit le forgeron.

— Pas question que les vaches y passent, dit le villageois d'un ton véhément. Surtout pas les miennes.

Le forgeron secoua la tête en silence et nous fit signe de descendre vers le pré. Il craignait de se placer à la tête du cortège et de nous tourner le dos, nous laissant alors la possibilité d'utiliser les houes comme des armes. Nous avons couru jusqu'à l'extrémité de la vallée où un mince filet d'eau scintillait à la faible lueur du soleil. Il y soufflait un vent légèrement plus chargé et plus dense, porteur d'un soupçon de chaleur.

Nous nous sommes retournés vers la pente de la vallée. Derrière le forgeron, des enfants du village dévalaient; des maisons, vues d'en bas, ressemblaient à une nuée d'oiseaux perchés sur ce flanc de montagne ; et le ciel bleu était froid et dur. Le forgeron, en agitant énergiquement le bras, nous ordonna de nous déplacer vers la droite. Nous avons marché, la peau égratignée par des herbes du champ aux tiges râpeuses, tandis que les pattes des chiens morts, raidies autant que des plantes, se couvraient de boue et de graines d'une légumineuse aux fins poils adhérents.

Et puis nous nous sommes arrêtés, poussant des soupirs de stupéfaction devant un grand amoncellement de choses bizarres ; nous étions cloués au sol, avec nos chaussures alourdies à force d'être enfoncées dans la boue.

Des chiens, des chats, des mulots, des chèvres et même des poulains : d'innombrables carcasses d'animaux étaient entassées formant un monticule et s'apprêtaient avec calme et impatience à se décomposer. Les bêtes avaient les mâchoires serrées, les yeux noyés et les membres crispés. Leur sang et leur peau inanimés s'étaient transformés en un mucus visqueux et rendaient collantes la bourbe et les herbes fanées et jaunies alentour. Seules leurs oreilles innombrables conservaient une curieuse vivacité et supportaient la décomposition qui s'abattait violemment sur elles.

Les grasses mouches d'hiver pleuvaient sur les animaux comme de noirs flocons de neige, puis s'envolaient un peu de façon répétée : cette musique chargée de silence remplissait nos têtes qui, à force d'étonnement, commençaient à perdre toute sensation.

— Ah, soupira mon frère.

Devant un tel amoncellement de carcasses, le chien rouge qu'il avait traîné au bout d'une corde paraissait aussi banal et dépourvu de sens que les herbes et que la terre.

— Vous allez creuser un trou et enterrer tout cela, dit le forgeron. Cessez de bayer aux corneilles, et au travail!

Mais nous restions ébahis, figés dans cette puanteur explosive qui émanait de la masse des bêtes et qui, comme une couche d'épais liquide, piquait non seulement les narines, mais aussi la peau du visage. Cette odeur fétide qui jaillissait et tourbillonnait impétueusement n'en comportait pas moins un élément qui nous aiguillonnait. Seuls les enfants qui avaient fait l'expérience de mettre leur petit nez entre les pattes d'une chienne en rut pour flairer son odeur, ceux qui avaient eu l'audace et le désir intrépide de goûter au plaisir fugitif mais dangereux de caresser le dos d'une chienne excitée, étaient capables de reconnaître, dans la puanteur des carcasses des bêtes, un signal doux et humain, une invite. Nous avons écarquillé les yeux et gonflé les narines bruyamment.

— Il y en a un autre ici!

Derrière nous, retentit une voix légèrement craintive et timide, néanmoins arrogante, avec l'accent de la région, qui étouffait les voyelles.

En nous retournant, nous avons vu, parmi les

enfants du village attroupés un peu plus loin et plus haut, un qui du bout des doigts laissait pendre un petit rat au ventre gonflé.

— Imbécile! s'écria le forgeron, les veines saillant sur la gorge. N'y touche pas. Tu as oublié? Rentre chez toi pour te laver les mains.

L'enfant jeta le rat en tremblant comme si on l'avait pincé et gravit la côte en courant vers le village. Nous observions avec ahurissement le visage du forgeron qui, sincèrement bouillant de colère, suivit du regard l'enfant.

— Allez me ramasser ça, dit le forgeron en contenant sa colère.

Mais aucun d'entre nous ne s'y risqua. Nous subodorions dans ce rat le présage d'une « anomalie ».

— Mes petits, allez le ramasser, reprit le forgeron avec une douceur factice.

Je me suis mis à courir. Après que les enfants du village se furent dispersés en poussant des cris, je me suis accroupi pour ramasser du bout des doigts la queue rabougrie du rat, puis je suis revenu. Sans prêter attention à mon frère dont le regard trahissait un imperceptible reproche, j'ai jeté le rat sur le tas des bêtes qui semblaient lancer d'inépuisables appels muets. Le rat rebondit sur l'échine d'un chat qui avait complètement perdu ses poils et que la pluie avait blanchi, glissa d'un animal à l'autre avant de se faufiler sous la croupe nue et redressée d'une chèvre. Des vagues de rires ont gagné notre groupe faisant d'un coup s'effondrer la tension.

— Allons, au travail! fit le forgeron, profitant de l'entrain.

À coups de houe, nous avons creusé la terre ocre où les herbes fanées et les feuilles mortes formaient une croûte. La surface était tendre et facile à bêcher. Dès qu'apparaissaient de grosses larves orange clair ou des grenouilles et des mulots en hibernation, nos houes tombaient avec exactitude sur eux pour les écraser. La brume dans laquelle la vallée était plongée se dissipait précipitamment. Mais maintenant la puanteur tenace des carcasses entassées remplissait l'atmosphère comme une nouvelle brume.

Nous creusions une fosse rectangulaire qui, pour être exact, avait trois mètres sur deux. Après une couche de terre molle nous tombions sur une strate légèrement plus résistante, qui était constituée de galets blancs et cristallins. Chaque fois que nos houes la heurtaient, une eau froide suintait. Ce labeur faisait ruisseler nos fronts et nos joues dans la douce lueur de l'hiver. Plus on s'enfonçait dans la fosse, moins nombreux on pouvait y travailler. J'ai abandonné ma houe pour essuyer la sueur de mon front. Les enfants du village s'étaient craintivement approchés de nouveau. Mais en me voyant cesser mon travail, ils s'apprêtaient à s'enfuir précipitamment. J'ai repéré parmi eux une petite fille dont la nuque était noire de crasse, mais ses lèvres acérées, son nez aplati, ses yeux maladivement humides m'ont ôté toute envie de me moquer d'elle et de ses camarades en les effrayant. Dans les villages que nous avions traversés au cours de ce périple, j'avais épouvanté à satiété ce type de fillettes. Pour uriner, ces filles s'accroupissaient en exhibant leurs petits derrières osseux et c'est là que je surgissais soudain avec des hurlements afin de leur faire peur. Mais ce petit jeu ne m'amusait pas au point de s'éterniser. Je haïssais et méprisais déjà suffisamment les enfants des villages.

— Dis-moi, toi, ne flemmarde pas! dit le forgeron en s'approchant de moi.

— Bon, répondis-je sans chercher à travailler davantage. Votre fusil, c'est un gros calibre.

— C'est pour les ours. Il peut même abattre un homme, expliqua le forgeron, en dégageant son arme de mes mains qui tentaient de le saisir. Si tu fais l'imbécile, je te tuerai. Nous, dans le village, ça nous fait rien de vous tuer.

— Je sais bien, dis-je, ulcéré. Si un enfant du village touche un rat mort, il attrape des microbes. Quand c'est nous, vous vous en fichez. C'est bien ça, non?

— Eh bien..., balbutia soudain le forgeron.

— Je parie qu'il y a une épidémie chez les animaux..., fis-je.

J'indiquai du menton mes compagnons qui commençaient à jeter dans la fosse, qu'ils avaient fini de creuser, les cadavres d'animaux.

— Quelle maladie? demandai-je.

— Comment veux-tu que je le sache? dit astucieusement le forgeron. Même le docteur n'en sait rien.

— Ce n'est pas grave si ce sont simplement les animaux qui meurent. Je suppose que le pire qu'on risque, ce serait que les chevaux y passent?

J'étais encore plus rusé que le forgeron dans ma question. Il tomba dans le panneau.

— Il y a aussi des hommes, répondit-il d'une seule traite.

— Des Coréens sont morts! cria un enfant du village.

Pris de curiosité, il avait, surmontant sa timidité, surgi derrière le forgeron et pointé la tête.

— Regarde là-bas, continua-t-il, on a hissé un drapeau.

Nous avons regardé en l'air vers des maisons particulièrement misérables, qui étaient regroupées à mi-flanc, de l'autre côté de la vallée. Dans la maison la plus éloignée, un drapeau de papier vermillon délavé flottait au vent. Dans la vallée il n'y avait pas la moindre brise. Mais à mi-flanc, un vent devait souffler constamment qui sentait les feuilles nouvelles et la terre. Là-haut, ça ne devait pas puer le chien pourri...

— Là-haut? demandai-je.

Mais l'enfant du village, intimidé, gardait les lèvres serrées.

— C'est là-haut que des Coréens sont morts? insistai-je.

— C'est un ghetto de Coréens, précisa le forgeron à la place de l'enfant. Mais il n'y a eu qu'un seul mort. On ne sait pas si c'est la même maladie que pour les bêtes.

Mes camarades se disposaient à transporter un veau très lourd, dont le ventre lacéré laissait échapper un mélange visqueux de chair, de sang et de pus. Il m'a semblé que la maladie féroce qui avait attaqué ce veau robuste pouvait aisément étrangler un être humain.

— Dans le hangar une réfugiée est en train de mourir, dit un autre enfant dont la voix laissait percer son excitation. C'est parce qu'elle a mangé des légumes pourris qu'elle avait ramassés par terre. Tout le monde dit ça.

— S'il s'agit d'une maladie contagieuse, dis-je, il faudrait la mettre en quarantaine. Si ça se propage, ça va être épouvantable. Tout le monde va mourir.

— Il n'y a nulle part où isoler les malades, répondit le forgeron excédé. Il n'y a rien de tel.

— Mais quand une épidémie se déclare dans le village, qu'est-ce que vous faites ?

— Tout le village s'enfuit en abandonnant les malades. C'est ça, la règle. Si une maladie contagieuse se déclare dans notre village, les autres villages autour nous hébergent. Si au contraire ça se passe ailleurs, nous prenons en charge ceux qui viennent se réfugier ici. Ça s'est produit il y a vingt ans, quand le choléra s'est déclaré. On a dû passer pas moins de trois mois dans le village voisin.

Il y avait vingt ans... C'était aussi simple et solennel qu'une légende et ça me faisait rêver. Il y avait vingt ans... dans les ténèbres de l'histoire, les gens du village avaient pris la fuite en abandonnant les malades qui gémissaient de douleur. Un des survivants me parlait, à moi, si près de moi que je pouvais sentir son odeur.

— Pourquoi cette fois-ci ne fuyez-vous pas? demandai-je sans pouvoir réprimer un halètement.

— Quoi? Cette fois-ci? s'exclama le forgeron. Mais il n'y a aucune épidémie. Des animaux sont morts, on a eu deux personnes malades dont une est morte. C'est tout.

Puis, le forgeron crispa les commissures et serra fermement les lèvres, en détournant le visage. J'ai rejoint en courant mes camarades qui travaillaient. Nous transportions divers animaux, à commencer par des chiots minuscules et nous les jetions sur leurs semblables amoncelés dans la fosse. La plupart des bêtes étaient tellement décomposées que la peau des pattes que je saisissais s'écaillait sous ma pression; à ce moment-là, mon dos ruisselait de sueur froide, car j'avais la sensation qu'une nuée de microbes à la puissance terrifiante s'acharnait sur moi. Cependant, tout cela finit par échapper à ma conscience au moment où la muqueuse de mes narines devint insensible à la puanteur et quand nous eûmes transporté tous les animaux et que nous les eûmes recouverts de terre, nous avons regardé le ciel, les mains ballantes et alors nous avons vu que le soleil brillait dans un ciel étroit, délimité par l'étau des montagnes, et soudain une lumière, pleine, digne de celle de midi, nous a enveloppés.

— Après le déjeuner on va affermir la terre, dit le forgeron. Allez vous laver les mains, soigneusement, dans le ruisseau.

Nous avons couru vers le mince cours d'eau dans le creux de la vallée, agitant comme des moulinets nos bras boueux et poussant des cris d'enthousiasme. Là-bas, au milieu de pierres lisses couvertes de mousse flétrie coulait un petit filet d'eau pure. Quand j'y ai plongé les doigts, j'ai ressenti dans tout le corps une violente douleur. Mais à force de frotter mes doigts ankylosés, enflés et rougis par le froid, je vis, aux jointures, de petits arcs-en-ciel se dessiner instantanément et les rayons du soleil frémir. Des rires joyeux éclataient dans nos gorges.

— Lavez-vous bien, c'est plein de microbes, dis-je à haute voix. Si quelqu'un qui ne s'est pas lavé vous touche, vous serez contaminé.

— À chien malade, rat malade! plaisanta Minami en nous éclaboussant. À chat malade, capricorne malade!

Tout le monde hurla de rire dans une grande cohue. Mais soudain l'un d'entre nous ferma la bouche et regarda dans l'eau, le visage tendu. Son silence fut contagieux tant et si bien que nous nous sommes entassés les uns sur les autres pour observer ce que son doigt tremblant d'excitation nous indiquait.

— C'est un crabe, dit mon frère, ému.

C'était un crabe. Au fond de l'eau bleu ciel, sur un banc de sable ocre jaune, entre les rochers, on entrevoyait les pinces, visiblement dures, d'un crabe de la taille d'une main d'enfant. Sur chaque pince, des poils drus couleur terre flottaient dans le cours d'eau presque inexistant. Mon frère, craintivement, trempa la main dans l'eau, en l'approchant des pinces du crabe. Mais à peine ses doigts les eurent-ils effleurées, un tourbillon de terre et de sable se créa dans l'eau, en la troublant et dès qu'elle retrouva sa transparence, il ne restait plus rien. Nous avons ri à en perdre la voix et, notre muqueuse nasale ayant recouvré l'odorat, nous avons senti l'odeur de la rivière, l'odeur normale du sable et de l'eau.

— Rassemblement! Rassemblement! s'écria le forgeron, d'un air irrité. Qu'est-ce que vous fichez là?

Nous avons gravi la pente, piétinant les herbes fanées, puis nous avons repris le chemin dallé du village pour regagner le temple, mais, en route, notre cortège s'est arrêté devant un attroupement de villageois face à un bâtiment qui ressemblait à un hangar. Ils regardaient fixement l'intérieur du hangar dont la porte était ouverte, sans prêter la moindre attention à notre cortège immobilisé. Les enfants du village sont passés en courant à côté de nous, craintivement, pour rejoindre le groupe des adultes. En entendant, dans le hangar, les sanglots d'une petite fille, nous avons retenu notre souffle.

Puis, un homme au front extraordinairement dégarni et aux oreilles en chou-fleur est sorti, chargé d'une serviette de cuir noire, éculée, pansue. Il a secoué la tête assez violemment ce qui a provoqué dans l'assistance un murmure consterné. Quelques villageois sont alors entrés dans le hangar.

— Alors, docteur? demanda le forgeron, d'une voix qui résonna de façon insolite dans le lourd silence des villageois.

— Eh bien..., commença cet homme sur un ton emprunté.

Mais il ne répondit pas directement à la question du forgeron et se fraya un chemin entre les villageois pour nous rejoindre. Il nous scruta soigneusement. Il n'était pas très agréable d'être fixés par ces yeux complètement épuisés à la cornée jaunie : c'était comme si l'anomalie qu'il avait laissée derrière lui, enfermée dans le hangar, était venue, à travers lui, nous menacer.

— Qui est le chef? demanda l'homme d'une voix grave et rauque. Lequel d'entre vous est le chef?

J'étais pris de court, mais, pressé par les regards de mes compagnons, je me suis résolu à balbutier :

— C'est moi, mais ça pourrait être n'importe qui.

— Eh bien, fit-il, j'ai ausculté ton camarade malade. Demain, il faudra que tu ailles chercher des médicaments dans le village d'à côté. Je vais te dessiner un plan.

Il sortit un calepin de sa serviette gonflée et il dessina minutieusement au crayon son plan sur une feuille qu'il détacha et mit dans la main que je tendais. Avant de le glisser dans la poche de ma chemise, je pensais l'examiner tout de suite, mais il était trop rudimentaire pour me donner une idée immédiate du chemin.

Je m'apprêtais à interroger cet homme, qui était de toute évidence un médecin, sur l'état de notre camarade lorsque le maire sortit du hangar, en soutenant presque la petite fille qui sanglotait et il l'emmena vers la montée. La voix de la fille qui gémissait comme si on lui brûlait toute la peau nous bouleversa, nous réduisant à un silence animal.

III. La peste qui s'abat
et le repli des
villageois

Cet après-midi-là, nous devions consolider la terre qui recouvrait la fosse. Après notre pitoyable repas, nous lézardions à la faible lumière du soleil hivernal, assis sur la véranda étroite du temple ; mais, nous avions beau attendre, le forgeron qui devait diriger les opérations ne gravissait toujours pas la montée de l'autre côté du jardin. Il n'y avait là-bas que des enfants qui nous observaient fixement, en se tenant par les bras, assez inexpressifs et tous également sales. Quand nous les menacions, ils s'enfuyaient en courant comme des chiens, mais pour revenir aussitôt. Nous nous sommes vite lassés de ce cache-cache unilatéral. Nous avons fini par les ignorer, comme des arbres et des herbes, et nous nous sommes adonnés à nos propres jeux. C'était, au fond, notre première récréation depuis notre arrivée au village.

Certains d'entre nous rangeaient le contenu de leur sac, en mettant au soleil leurs effets de valeur, comme des tubes d'origine indéfinie, des poignées de bronze, des maillons métalliques de combat, souillés de sang et des bris de verre blindé, qu'ils polissaient avec des tissus. D'autres se passionnaient pour achever la maquette d'un avion, faite de bouts de bois tendre. Quant à Minami, afin de soulager son petit anus, qui souffrait d'une inflammation chronique, résultat de ses amours sacrificielles, il demandait à son docile acolyte d'y appliquer avec un doigt le peu de pommade qui restait dans un récipient de celluloïd qu'il avait pêché dans le fond de son sac. Pour mieux présenter la zone atteinte, il devait prendre une posture humiliante, comme celle d'un petit animal en train de déféquer ; mais si quelqu'un osait se moquer de lui, il se relevait aussitôt, tout en gardant son pantalon baissé et il assenait des coups à son ennemi insultant. Nous étions détendus et avons passé un après-midi de flemme totale pour la première fois depuis plusieurs jours. Seul le garçon qui avait eu mal au ventre pendant le trajet gisait, sur le dos, le visage blême, sans même plus avoir la force de gémir. Mais que pouvions-nous faire pour lui ?

Soudain l'air se rafraîchit, le vent se leva et le ciel bas, que les hauteurs de la forêt encadraient, prit une teinte crépusculaire. C'est alors que des villageoises muettes nous ont apporté le dîner. Après un repas précipité, tous les volets ont été refermés et verrouillés de l'extérieur. Le forgeron, qui assistait à notre repas, gardait le silence, le visage tendu, sans jamais répondre à mes questions que je chargeais d'intentions.

Lorsque nous nous sommes retrouvés enfermés tout seuls dans la salle sombre, une odeur particulière s'est mise à monter lentement et sûrement en se mêlant à l'air renfermé de la pièce, odeur qui, durant les travaux matinaux, avait pénétré nos corps, nos vêtements et par-dessus tout nos esprits. Pendant ce temps, vannés par une fatigue qui envahissait nos membres et écrasés par la pesanteur de l'atmosphère, nous nous efforcions d'invoquer le sommeil en nous-mêmes, sur nos paupières.

Mais ni la respiration affaiblie et haletante de notre camarade malade, ni les cris des bêtes dans la forêt nocturne, de l'autre côté de la porte en bois, ni les craquements d'arbres ne cessaient de nous obséder et nous avions du mal à dormir. En fin de compte, des gestes de plaisir, secrets et haletants, se faisaient sentir çà et là, mais en ce qui me concerne, j'étais trop fatigué pour cela.

Puis, tard dans la nuit, notre camarade est mort après une longue souffrance. À ce moment-là, nous nous sommes soudain réveillés. Ce n'était pas que nous ayons été dérangés par un terrible râle ou une présence inopinée, mais c'était pour la raison inverse. Tandis que nos sommeils légers s'unissaient, un son discret s'est éteint, une existence s'est perdue. Cette curieuse sensation de mutation nous a tous saisis. Dans les ténèbres, nous avons redressé nos bustes. Soudain le sanglot faible d'un des plus jeunes d'entre nous a fait trembler l'air obscur. Il nous a alors raconté, en larmes, ce qui était arrivé au malade. Nous avons tout de suite compris de quoi il s'agissait. Dans l'obscurité, nous nous sommes rassemblés à tâtons autour de celui qui était, jusqu'au début de la nuit, un de nos camarades, et qui commençait maintenant à refroidir et à se raidir précipitamment. En nous frayant chacun un chemin au milieu des corps fiévreux des autres, nous voulions tous toucher la peau du cadavre refroidi, pour retirer aussitôt nos mains comme si elles avaient été pincées.

Soudain quelques-uns d'entre nous se sont agrippés à la porte et se sont mis à crier. Puis, cela a provoqué une crise collective : comme si nous avions voulu nous éloigner du mort le plus possible, nous nous sommes collés à la porte en la bourrant de coups.

— Hé, hé, venez! Ouvrez! Hé, le malade est mort!

Nos cris se sont mêlés, en formant des échos, si bien que le sens se perdait, comme un tumulte de bêtes dans la forêt en pleine nuit. Nous avions l'impression que, dans cette accumulation de voix confuses, seule la tristesse revêtait un puissant éclat et s'étendait vers les hauteurs du ciel et les profondeurs de la vallée.

Au bout d'un long moment, une fois que nos cris se furent affaiblis, par épuisement et parce que nos gorges étaient desséchées, le bruit des pas désordonnés de toute une foule retentit sur le chemin qui passait devant le jardin, puis le verrou de la porte d'entrée s'ouvrit avec fracas. Nous avons attendu en silence. Mais les adultes du village ont hésité avant d'entrer et ils ont éclairé l'intérieur avec une lampe de poche. Je vis, ébloui devant moi, le visage de mon frère souillé de larmes. Ensuite, j'aperçus le maire et le forgeron qui entraient, les fusils en bandoulière, nous surveillant attentivement. Nous gardions le silence. Et nous respirions violemment. Les lèvres serrées et les narines dilatées, le maire et le forgeron étaient aussi tendus que des gardiens de prison armés, chargés de mater des mutinés.

— Qu'est-ce qu'il y a, espèces de salopards ? maugréa le maire. Pourquoi tout ce tintamarre ?

Dans l'intention de leur expliquer la situation, j'ai avalé ma salive pour dégager ma gorge desséchée, mais ce n'était pas nécessaire. La lumière de la torche que le forgeron brandissait dans sa main gauche avait capté le mort et s'était arrêtée sur lui. Tandis que nous les observions en silence, le maire et le forgeron, sans prendre la peine de se déchausser, se sont approchés de notre mort, les traits tendus, l'air soupçonneux. Ils se sont agenouillés, maintenant la lampe pour examiner le mort. Dans le faisceau lumineux jaune pâle apparurent une petite tête livide et misérable, une peau tendre et pâle comme celle d'un fruit, un peu de sang caillé sous le petit nez. Et des paupières lourdes que des doigts brutaux soulevèrent et les bras repliés qui se croisaient au niveau du ventre.

C'était laid. À l'égard des villageois qui continuaient à l'examiner sans façon, en l'éclairant, une colère sombre et humide jaillit en nous. S'ils avaient persévéré dans cet examen médical irrespectueux du mort, l'un d'entre nous aurait sauté furieusement sur eux en hurlant. Mais soudain, le maire et le forgeron se levèrent et sortirent dans le jardin en abandonnant le mort.

La lune tardive venait de se lever. Par l'entrebâillement de la porte, nous avons vu dans l'obscurité un important attroupement de villageois qui murmuraient autour du maire et du forgeron. Leur discussion animée se déroulait avec un fort accent — sans doute dû à leur excitation — qui la rendait quasiment inintelligible. Tout ce que nous pouvions faire était d'observer les villageois, en restant agglutinés comme une meute de chiens qui aboient.

Le maire cria comme s'il avait donné un ordre sur un ton véhément. Il s'ensuivit un silence pesant. De nouveau, il cria et les villageois, en groupes, se dispersèrent et traversèrent le jardin. Le forgeron bondit dans la véranda, pour fermer la porte, lorsque je cherchai à lui poser des questions. Il tournait le dos à la lune et paraissait noir et robuste, et sans manifester la moindre intention de me répondre, il referma la porte. Pourtant, sans réajuster le verrou, il s'en alla précipitamment. Assis, les genoux entre nos bras, regroupés à l'endroit le plus éloigné possible du cadavre, nous écoutions les pas des villageois s'éloigner et notre propre excitation se dissiper dans nos corps, comme un bruit qui se serait affaibli. Maintenant, nous ne savions plus pourquoi nous avions frappé la porte en criant. Les enfants que nous étions ne pouvaient rien faire pour le mort.

Dans la lumière qui filtrait par l'entrebâillement de la porte, mon frère pointa le visage, tellement couvert de graisse et de cendres qu'il avait pris la teinte du fer sale. Il me fixait de ses yeux où la peur et les larmes avaient laissé des traces et qui avaient l'éclat ocre sombre des groseilles.

— Qu'est-ce que tu as? demandai-je.

Il passa la langue sur ses lèvres, en leur redonnant aussitôt leurs couleurs fraîches et leur vivacité.

— J'ai froid.

— Qu'est-ce qui t'arrive? Tu n'as pas de veste? demandai-je en frôlant ses épaules qui tremblaient.

— Je l'ai prêtée à ce garçon, dit-il en tournant la tête vers le mort. Il avait tellement froid.

— Au cours de la journée?

— Oui.

— Il est maintenant inutile de la lui laisser, dis-je, excédé. Reprends-la.

— Ah..., répondit mon frère, de façon ambiguë, les yeux baissés.

— Bon, je vais aller la chercher, dis-je avant de me lever.

Pour enlever la veste kaki de mon frère, je devais bouger assez brutalement le cadavre qui était lourd. Lorsque j'ai eu fini de déshabiller le mort qui basculait sous mes gestes, j'ai senti dans le noir que tous les regards de mes camarades convergeaient vers moi, mais je ne pouvais pas agir autrement.

La veste de mon frère avait pris l'odeur d'un fruit qu'on aurait laissé se décomposer rapidement, de façon chimique ; non pas le résultat d'un long effort, d'une bactérie décomposante, mais c'était plutôt l'odeur d'une décomposition plus immatérielle.

Mon frère se contenta de jeter la veste sur les épaules, sans enfiler les manches. Il s'agenouilla pour observer le visage du mort qui paraissait se détacher dans une lumière légère. Puis un sanglot étouffé fit trembler le corps de mon frère.

— C'était un ami, soupira-t-il avec un sanglot. C'était un ami.

Par-dessus ses épaules, j'aperçus le camarade avec lequel j'avais partagé ce long voyage. Il avait la tête d'un petit oiseau raide, des yeux sombres et froids grands ouverts. Des larmes ont roulé sur mes joues et se sont écrasées sur les épaules de mon frère.

J'étreignis ses épaules et le forçai à se relever. Nous avons abandonné notre camarade transformé en mort aux yeux ouverts, pour regagner l'autre bout de la pièce. Nous nous sommes assis au milieu des camarades qui y étaient regroupés, mais les épaules de mon frère ne cessaient de trembler par petites vagues de sanglots, ce qui raviva un sentiment de tristesse chez mes camarades et chez moi.

Nous sommes ainsi restés immobiles et silencieux pendant longtemps. Puis la cloche des pompiers retentit. Surpris, nous avons prêté l'oreille, mais les coups s'arrêtèrent aussitôt. Puis, au bout d'un moment, en bas de la pente, au niveau du chemin dallé du village, se produisit un brouhaha inhabituel. On aurait dit qu'il se répercutait à partir de ce centre-là vers tous les coins du village, comme des vagues. Nous nous sommes tenus aux aguets, l'oreille attentive, la bouche pleine de salive. Bruits de pas, de meubles qui se heurtent, hennissements soudains, puis aboiements incessants, cris contenus de bébés.

Tout cela se rassembla au bas de la pente, semblant se déplacer lentement. Je cherchai dans l'obscurité le visage de Minami et je découvris qu'il me cherchait, lui aussi. Nous nous sommes regardés dans les yeux, de si près que nos fronts se touchaient.

— Dis-moi, commença Minami, d'une voix grave et forte.

— Allons voir, répondis-je.

Nous nous sommes levés en bondissant et nous avons poussé d'un coup d'épaule la porte que le forgeron avait oublié de verrouiller. Elle s'ouvrit avec fracas et Minami et moi avons sauté pieds nus dans le jardin froid, suivis par mon frère. Nos autres camarades s'apprêtaient à se lever, quand Minami les réprimanda sur un ton agressif.

— Vous, vous restez ici. Vous allez surveiller le mort, sinon les chiens sauvages viendront le dévorer.

— Ne bougez pas, ajoutai-je. Ceux qui sorti-ront sans permission seront punis.

Nos camarades manifestèrent leur mécontentement sans pour autant oser sortir. Minami, mon frère et moi avons dévalé le chemin en pente qui traversait le jardin.

Nous avons couru, entre les murettes de pierre, sur des galets qui glaçaient les plantes de nos pieds. Lorsque nous fûmes parvenus à une courbe d'où l'on pouvait dominer le large chemin dallé, un vent de nuit chargé de brouillard transportait la clameur et l'écho des pas qui s'intensifiaient bien que soigneusement réprimés. Soudain nous avons vu un groupe de personnes qui se déplaçaient sur le chemin dallé et le choc a été tel que nous en avons eu le souffle coupé.

Sous le faible clair de lune qui avait une teinte gris-bleu sombre, les silhouettes noires de personnes au dos ployant sous de lourds bagages avançaient lentement. Les enfants, les femmes et les vieillards portaient, eux aussi comme les hommes vigoureux, des affaires sur le dos et dans les bras. Les charrettes grinçaient sur le gravier, tandis que des chèvres et des vaches étaient tirées par des femmes. À la lumière lunaire, les poils blancs et drus des bosses des chèvres prenaient un éclat huileux, et le même effet se remarquait sur la tête des enfants.

Ils gravissaient le chemin dallé en cortège, suivis par deux hommes armés d'un fusil. Probablement ces derniers les escortaient-ils, mais on eût dit qu'ils les entraînaient vers une impasse innommable, comme pour précipiter des bœufs dans un abattoir. Les villageois silencieux marchaient avec application, penchés en avant. Et après leur passage, les petites maisons de part et d'autre du chemin dallé paraissaient terriblement vides aux rayons de la lune.

— Ah, soupira mon frère faiblement, comme s'il avait été près de s'évanouir d'étonnement.

— Ah, soupira également Minami. Mais ceux-là...

— Ils emportent même les chèvres, dit mon frère. Même les bœufs.

— Ils décampent, ceux-là, dit Minami d'une voix qui trahissait sa soudaine colère. Ils décampent si tard dans la nuit.

— Oui, ils décampent, répondis-je.

Nous nous sommes tus, puis nous avons sauté par-dessus la murette de pierres et nous avons couru vers le chemin dallé en traversant un champ étroit. L'air glacé de la nuit, chargé de brouillard, piquait nos paupières et nos joues comme une poudre dure, mais nous avions le sang bouillonnant comme si nous avions été ivres. Sur le chemin dallé, les graines des céréales que les villageois fuyards avaient laissées tomber, étaient dispersées reflétant faiblement la lueur de la lune. Et le cortège des villageois était déjà devenu invisible. Nous nous sommes pressés à pas feutrés, puis, cachés sous les basses branches d'un vieil abricotier, nous avons vu les villageois s'éloigner sur le chemin dallé qui montait en lacet. Lorsqu'ils ont de nouveau disparu, nous avons aussitôt couru comme de petits animaux jusqu'à l'endroit d'où on pouvait voir la queue du cortège.

— Ils décampent, ceux-là, dit mon frère en imitant exactement le ton de Minami. Ils emportent même les chèvres.

Sa voix était rauque comme submergée de colère, mais en même temps étrangement faible.

— Ils décampent, mais pourquoi? demanda Minami.

Aux commissures de ses lèvres retroussées, la salive écumait et ses yeux étaient ronds comme ceux d'un petit enfant. Nous nous sommes regardés dans les yeux. Son regard n'exprimait rien d'autre que l'étonnement.

— Je ne sais pas, répondis-je en mentant avec attention. Je n'ai aucune idée.

Tout en se rongeant les ongles, Minami grommela avec irritation. Dans le groupe des villageois qui marchaient bien plus haut, un enfant poussa des cris, mais de toute évidence la main d'un adulte avait recouvert sa petite bouche. Les chiens aboyèrent avec mélancolie et les épaules de mon frère tremblèrent.

— Nous pourrions décamper nous aussi et rejoindre ces gens-là, dit Minami.

— Mais l'éducateur va revenir dans ce village avec le groupe suivant, dis-je.

— Peu importe. Les gens du village s'en vont. Nous n'avons qu'à les rejoindre.

Mais Minami et moi nous savions que, si les villageois avaient eu l'intention de nous accepter dans leur groupe, ils ne nous auraient jamais enfermés dans la salle obscure du temple. Nous savions qu'ils s'enfuyaient en silence au clair de lune sans la moindre intention de nous intégrer. Ce qui fait que, au lieu d'aller appeler nos camarades, nous avons poursuivi notre filature en nous cachant de part et d'autre du chemin. Que pouvions-nous faire d'autre?

Soudain nous avons entendu des bruits de pas précipités qui dévalaient le chemin dallé et nous nous sommes cachés précipitamment dans un taillis clairsemé sur lequel s'étaient agglutinées d'innombrables gouttelettes de brouillard, tandis que, juste devant nos yeux, le forgeron passa en courant au clair de lune. Pour empêcher son fusil de danser sur le dos, il le maintenait sur ses reins fermement avec ses deux mains et il courait en se tortillant. Nous étions parcourus par un frémissement d'espoir. Le gros du bataillon des villageois semblait attendre au bout du chemin dallé à l'orée du bois. Je me suis dit qu'il était encore temps. Ainsi nous pourrions être sauvés de notre abandon dans cette forêt où l'épidémie faisait rage.

Mais en un rien de temps nos espoirs s'effondrèrent. Aussitôt après, le forgeron revint en effet en courant, le bras droit chargé d'un volumineux panier. Il laissait énergiquement échapper son souffle qui se voyait même dans la nuit. Notre accablement n'en fut que redoublé quand nous aperçûmes un lapin blanc sautiller en tous sens dans le panier. Alors qu'une clameur annonçait la remise en marche du cortège des villageois, nous sommes restés assis sans bouger. Nos pieds nus étaient devenus complètement glacés et ils avaient énormément gonflé. Le froid gagnait calmement nos membres brûlants. Minami se tourna vers moi. Il avait le visage comme paralysé : à la rudesse délicate et maladive de ses traits se mêlait une sorte d'infantilisme et sa bouche entrouverte ne laissait pas échapper de son. Soudain, ses yeux brillèrent de larmes.

— Moi, dit-il d'une voix chaude qui sortait avec peine de son gosier, je le raconterai à tout le monde. Que nous avons été abandonnés comme dans une décharge.

Puis avec un geste obscène et comique, il sortit du buisson en bondissant. Je me suis relevé lentement en entourant les épaules de mon frère et nous sommes sortis à notre tour. Nous étions entièrement à découvert au clair de lune, mais sur le chemin dallé qui s'enfonçait dans la forêt, il n'y avait plus le moindre villageois en vue. On entendait seulement de temps à autre des aboiements de l'autre côté du bois. Puis Minami courut à toute vitesse sur le chemin, ses pieds nus claquant sur le sol.

Nous avons marché jusqu'à la lisière sans motif particulier. Puis nous nous sommes assis sur un petit talus. La lune était quasiment cachée par les arbres de la forêt, et l'aube conférait, de l'intérieur, un éclat nacré au ciel gris, épais. Il faisait épouvantablement froid. Le brouillard qui commençait à s'intensifier réduisait notre visibilité. Ni mon frère ni moi ne savions quoi faire. Nous aurions pu rentrer en courant et faire scandale avec nos camarades, mais cela n'avait plus aucun sens. Du reste, j'étais tellement épuisé qu'un seul pas de plus aurait dépassé mes forces.

— Si tu dormais un peu, dis-je d'une voix brisée par les larmes.

— Cette veste sent mauvais, répondit mon frère, en se blottissant contre moi, recroquevillé comme un chat, collant son front contre mon flanc. Je ne veux pas porter cette veste.

— On la lavera à la rivière dès que le soleil se sera levé, lui dis-je pour lui remonter le moral.

Mais que pouvions-nous laver dans ce ruisseau si étroit, si minable.

— Oui, répliqua mon frère en se blottissant encore davantage. Oui, on va la laver.

— Si le vent se lève, ça séchera vite, dis-je en tapotant le dos de mon frère.

Ce serait bien si c'était le vent du sud.

— Le matin, ça sèche vite, répondit mon frère d'une voix frêle qui sombrait dans le sommeil.

Il bâilla un peu et s'abandonna au sommeil, si peu naturelle que fût sa posture.

J'étais pour ma part épuisé, abattu, complètement seul. J'ai écarté la main de mon frère, puis j'ai rassemblé mes genoux entre mes bras pour y appuyer le front. La veste qui protégeait mon frère avait en effet conservé une odeur de cadavre, dans une sensation insaisissable et flottante. Je me suis dit avec la plus grande force : « Demain matin, on lavera la veste et on la séchera au vent du sud. » Peu importe laquelle, mais il me fallait une idée à défendre avec force. Je ne voulais pas me fixer sur notre abandon.

IV. Enfermement

À l'aube, le village était d'un calme absolu. Les coqs ne chantaient pas, aucun animal ne se faisait entendre. Les maisons, les arbres, les rues inertes, affaiblis et le creux profond qui enveloppait le village baignaient dans une lumière matinale, ténue et blanchâtre comme de la poudre. Elle paraissait noyer le village dans une eau douce, si bien que notre petit groupe d'enfants abandonnés qui allait et venait à pas lents sur le chemin dallé ne faisait guère d'ombre.

Nous ne pouvions plus rester à l'intérieur du temple sombre, ne fût-ce que pour nous éloigner de notre camarade mort, gisant sur le dos, qui, tout comme les arbres et les maisons, gardait le silence et exhalait une odeur moite. C'est pourquoi, penchés en avant, les mains dans les poches de nos vestes, nous avions les yeux rougis par le sommeil et marchions lentement, sur le chemin du village, aussi désert et désolé qu'une plage de sable, de ce côté-ci de la mer agitée.

Abattus par l'angoisse, nous nous promenions silencieusement par petits groupes sur la route communale, totalement recouverte de givre, mais chaque fois que nous croisions d'autres camarades qui, par exemple, descendaient des hauteurs, l'air désabusé, nous étions tellement conscients de la bizarrerie irrésistible de la situation, que nous échangions des sourires muets ou répondions en sifflant. Nous étions un peu intimidés par ce village vidé de sa population et le sort qui nous était échu nous donnait le trac comme si nous avions participé à un spectacle de patronage. L'excitation violente qui nous avait saisis quand nous avions appris le départ des villageois et durant l'heure qui avait suivi s'était déjà dissipée : nous exprimions certes par notre silence le respect que nous inspirait cet extraordinaire phénomène du village désert, mais nous aurions pu éclater de rire, si nous n'avions fermement serré les mâchoires. En l'absence de notre surveillant, nous ne faisions rien. Nous ne savions pas quoi faire. C'est ainsi que nous faisions les cent pas, patiemment, lentement sur le chemin communal.

Le village était calme et le ciel au-dessus de la vallée était d'un bleu pâle, d'une clarté à nous arracher des larmes. Devant nous, sur le flanc de la montagne où se trouvait une mine désaffectée, dès que le vent se levait, les arbustes dévoilaient le revers argenté de leurs feuilles, donnant l'impression que d'innombrables petits poissons frétillaient vigoureusement. Puis l'océan végétal, au-dessus du chemin dallé que nous parcourions, se mit à bruire, ce qui nous indiqua que le vent avait tourné. Mais le vent ne descendit pas jusqu'à nos têtes et à nos épaules basses et le soleil restait chaud. Les maisons gardaient un silence absolu sous leurs verrous en épaisse ferraille et leurs cadenas chargés de chaînes. Nous marchions en lent cortège dans ce décor.

Dès que le soleil eut quitté la crête de la montagne, midi s'annonça. Tout en cheminant, nous entendions les horloges sonner l'heure dans les maisons désertes et fermées. Soudain, cela fit naître en nous la menace de la faim. Nous sommes retournés jusqu'à la salle où notre camarade mort gisait dans la puanteur pour récupérer, avec crainte, le souffle court, nos sacs de survie qui contenaient des biscottes. Nous avons regagné la place devant l'école pour y manger. Nous nous rassemblions à cet endroit pour la simple raison qu'il y avait là une petite pompe manuelle en plein air, qui, si nous y mettions assez de force, pouvait nous procurer une faible quantité d'eau saumâtre. On ne pouvait pas dire que c'était là une motivation bien extraordinaire. Du reste, si nous avons gardé ce silence étrange et comique, chargé de gêne, la cause en était bien obscure. Nous étions les seuls à rester dans un village silencieux et nous partagions le sort d'avoir été interloqués par une même surprise. Qu'y avait-il à discuter entre ceux qui connaissaient la même situation?

Le repas terminé, à certains la satiété apporta

une fatigue et une tristesse irritante, à d'autres cela causa une satisfaction puérile. Ce qui fait que nous avons recommencé à desserrer nos lèvres dans un état d'esprit contradictoire.

— Pourquoi ont-ils décampé? me demanda un de mes camarades. Tu n'en as aucune idée?

— Pourquoi? intervint mon frère, perplexe, qui était assis à mes côtés, les genoux entre ses bras.

— Je ne comprends rien, dis-je.

De nouveau, un silence mélancolique parut émaner de nous en volutes jusqu'au village pour nous revenir plus pesant encore. Les yeux levés vers le ciel qui envahissait étrangement notre esprit, nous sommes restés hébétés quelques instants, les uns allongés sur le dallage, les autres adossés aux troncs d'arbres.

— Dis-moi, lança Minami en se relevant soudain et en me dévisageant, toi tu n'as pas bu l'eau de ce puits, n'est-ce pas?

— Non, répondis-je, embarrassé.

— Pourquoi non? demanda Minami soudain sérieux et insistant. Je sais pourquoi. Tu as peur de l'épidémie, non? Les gens du village ont pris la fuite parce qu'ils avaient peur de l'épidémie. Ils nous ont abandonnés en plein milieu de ces microbes qui grouillent.

L'agitation gagna tout le monde. Je me suis dit qu'il fallait absolument rétablir un équilibre, si difficile fût-il. Sinon, ils deviendraient désespérés et en viendraient aux mains. De plus, c'était un problème qui me concernait de manière imminente.

— Quelle épidémie? demandai-je avec une moue de mépris. Je n'y aurais jamais pensé.

— Une femme du village est morte dans l'entrepôt, ce n'est pas vrai? fit Minami. Puis notre camarade.

— Mais lui, il était malade avant de venir ici, dis-je. Vous êtes bien d'accord, vous autres?

— Il y a aussi les animaux, dit Minami après une réflexion. Il y a eu tant d'animaux morts.

Les carcasses d'animaux... l'image de ces grands tas que nous avions enterrés à peine la veille et le souvenir de la puanteur me sont revenus aussitôt et j'en ai été bouleversé. Effectivement comment l'expliquer?

— La maladie des rats, la maladie des lapins en rut..., dis-je en exagérant le ton de dérision. Ceux qui en ont peur n'ont qu'à décamper comme les villageois.

— Moi, je décampe, annonça Minami, plein de résolution, avant de charger son sac de survie sur son épaule et de se lever énergiquement. Je ne veux pas mourir. Toi, tu n'as qu'à attendre, en gémissant de douleur, que l'éducateur revienne avec l'autre groupe.

Il fut suivi par nos camarades qui se sont levés l'un après l'autre, nous laissant seuls, mon frère et moi. Nous nous sommes regardés tous deux dans les yeux. La peau lisse aux commissures de ses lèvres tremblait sous la tension. Quand Minami et les autres ont commencé leur marche en groupe sur le chemin dallé, nous avons posé volontairement nos sacs de survie derrière nous en signe de protestation, puis nous leur avons emboîté le pas.

Mon frère et moi marchions en nous tenant par l'épaule à quelque distance du groupe de Minami sur la côte incurvée et ensuite sur le sentier forestier jonché de feuilles moites. Afin de manifester notre opposition à Minami et à ses amis, nous affichions ainsi notre solidarité fraternelle, mais moi-même je n'étais pas certain qu'après le départ de Minami et des autres nous puissions rester dans le village. Aussi, quand mon frère exerça une pression sur ma taille et leva vers moi un regard fébrile, je feignis de l'ignorer impitoyablement. Ses yeux me demandaient : « Mais est-ce que ce n'est pas vraiment une épidémie ? Les rats étaient morts, n'est-ce pas ? » Puis je répétai entre les dents :

— Mais je n'en sais rien, comment veux-tu que je le sache ?

À la sortie du bois, là où commençaient les rails des wagonnets, Minami et ses amis s'arrêtèrent stupéfaits. Nous oubliant nous-mêmes, nous nous sommes mis à courir, mon frère et moi. Déjà la petite dissension entre nous deux avait entièrement disparu, et tous nous ne formions plus qu'une masse hébétée qui regardait les rails. Nous avons alors lâché un soupir fiévreux.

Sur les rails des wagonnets qui traversaient la vallée, près de l'autre versant, se trouvait une sorte de barricade hostile, faite de fûts d'arbres, de planches, de traverses et de pierres et qui nous barrait le passage. Si on essayait de franchir ce tas qui s'élevait nettement au-dessus des rails étroits, on aurait aussitôt les jambes coincées entre les pierres et les morceaux de bois qui s'effondreraient et, inévitablement, on serait précipités au fond de la vallée. La barricade se dressait comme un mur impossible à abattre, mais aussi comme un piège recelant une fragilité dangereuse. De plus, au fond de la vallée profonde, le torrent se déchaînait, en souvenir d'une crue insistante en amont. La première sensation qui nous a saisis a été un désemparement, un ébahissement, une suspension de jugement. Moi-même qui ne pensais pas quitter le village en traversant la vallée, je ne pouvais que me laisser gagner par ce sentiment-là et me taire, suffoqué. Plus tard, à travers les branches d'un arbuste dépouillé par l'hiver, nous vîmes surgir un homme d'une cabane. Ce fut tout d'abord Minami qui cria, puis nous avons hurlé à notre tour, à pleins poumons.

— Ohé, ohé !

Pour attirer l'attention de l'homme au loin sur l'autre versant, nous agitions les bras en brandissant des bouts de bois. Nos voix se sont superposées et répercutées, comme un chœur lugubre.

— Ohé, ohé ! On est restés ici. Ohé !

L'homme basané au petit visage nous a alors reconnus sans hésiter. Puis il a baissé contre sa poitrine son fusil qu'il tenait jusque-là sur une épaule et il est lestement monté à gauche de la cabane. Nous avons laissé retomber nos bras et nous avons calmé nos cris qui commençaient à nous écorcher le gosier. Nous avions compris. C'est que l'homme s'était placé dans une meilleure position pour surveiller ceux d'entre nous qui auraient eu l'audace désespérée de passer sur l'autre versant en longeant les rails. Les barricades avaient été érigées pour nous retenir et il y avait même une sentinelle. Nous étions prisonniers.

Une colère soudaine nous a tous échauffé le corps. Fous de rage, nous avons lancé des insultes en direction de l'autre versant. Mais ces invectives, loin de parvenir à leur destinataire, qui visait les rails avec son fusil sur la pente recouverte de chênes dégarnis, tombèrent au fond de la vallée, étouffées par le fracas du torrent. On trépignait de colère et on se sentait isolés.

— Ils nous ont joué un sale tour, s'est écrié Minami d'une voix éraillée par la colère. Ce type-là veut prendre dans son collimateur le premier qui voudra passer sur le pont. C'est vraiment un sale tour.

— Pourquoi? Pourquoi il veut tirer? demanda mon frère, les yeux pleins de larmes, la voix tremblant d'une peur enfantine. Prendre dans son collimateur...

— Alors qu'on n'est même pas l'ennemi, dit un camarade que mon frère par ses larmes faisait pleurer à son tour. On n'est pas l'ennemi.

— C'est pour nous enfermer, hurla Minami. Arrêtez de pleurnicher. Ils veulent nous enfermer, vous avez compris?

— Pourquoi veulent-ils nous enfermer? demanda mon frère faiblement, intimidé par la violence des cris de Minami.

— Parce qu'on a été touchés par l'épidémie, toi aussi bien que moi, dit Minami. Ils sont effrayés à l'idée que nous répandions nos microbes. C'est pour ça qu'ils nous enferment et s'attendent à nous voir mourir comme des chiens et des rats.

— Mais nous n'avons pas été contaminés, protestai-je, en fixant Minami, mais plutôt pour me faire entendre des autres. Il n'y a qu'eux qui croient que c'est comme ça. Depuis ce matin, y a-t-il quelqu'un qui ait vomi? Quelqu'un a-t-il eu des éruptions de boutons rouges sur le corps? Y en a-t-il un parmi vous qui ait de la vermine?

Tout le monde se taisait. Pour ma part, je me suis mordu les lèvres, tandis que la vallée répercutait le faible écho de ma voix.

— On va rentrer, déclara Minami au bout de quelques instants. Je préfère attraper la maladie plutôt que d'être abattu.

Il poussa un cri bizarre, envoya un coup de pied aux fesses du garçon qui se trouvait devant lui et se mit à courir. Je le suivis, dévalant le sentier qui traversait la forêt. Je me précipitai en haletant désespérément à la suite de Minami qui courait à toute vitesse. À la sortie de la forêt, je le rattrapai enfin, alors qu'épuisé il avait arrêté sa course. Pendant un moment, nous ne pouvions que respirer bruyamment, incapables d'articuler. Les garçons les plus jeunes nous avaient suivis de loin et dans leur cavalcade ils faisaient bruire la forêt comme une bourrasque annonciatrice de tempête. Leurs voix exprimaient une telle angoisse que c'étaient presque des cris d'épouvante.

— Toi, tu n'évoqueras plus jamais l'épidémie, dis-je à Minami d'une voix rauque. Si, à cause de toi, ils commencent à geindre, tu auras de mes nouvelles.

Minami, pour montrer qu'il résistait à mes menaces, leva le menton, mais ne protesta pas davantage. Il gardait un silence obstiné, en m'opposant son profil nerveux et irritant.

— Tu as compris? Moi, en tout cas, je n'y ferai aucune allusion.

— Ouais, fit Minami d'une voix ambiguë.

Il semblait absorbé par une autre idée. Il prit soudain un air déterminé.

— C'est simple si on a envie de fuir, reprit-il. Ils peuvent toujours surveiller la voie ferrée, on n'est pas dans un trou.

Mais je savais très bien que Minami fanfaronnait. Je me taisais, tout en sentant son regard exaspéré sur moi. Je devais admettre que la fuite était impossible d'après ce que les villageois avaient dit au moment de la battue qu'ils avaient organisée pour retrouver le cadet fugueur, et si je pensais à la profondeur de la vallée et à la violence du débit du torrent, que je venais de constater.

— Il suffit d'escalader tout droit la colline de l'autre côté, déclara Minami en résistant à mes dénégations muettes, mais sa voix avait déjà perdu de sa détermination.

— La seule chose que tu gagneras, dis-je, c'est d'être à moitié tué par les gens du village de l'autre côté de la montagne. C'est exactement ce qui t'est arrivé quand tu as voulu fuguer.

Le blocage des rails était un « symbole ». Il signalait une somme d'hostilité chez les paysans dans les villages qui entouraient, par cercles concentriques, celui de la vallée dans laquelle nous étions emprisonnés; cela dressait autour de nous un mur robuste, épais et absolument infranchissable.

— À moitié tué, grommela Minami. Trois fois j'ai fugué et trois fois j'ai été à moitié tué. Cette fois-ci, il y en a même un qui nous guette avec un fusil. Il m'est arrivé, autrefois, de faire un travail qui consistait à tuer des bœufs et des chiens malades. Comment? Tu vois, un veau qui beugle de douleur et on lui donne un coup avec un marteau aussi gros qu'une tête.

— Ça suffit, m'écriai-je hors de moi. Si tu ne veux pas un gnon, ne t'amuse pas à répéter ça.

— Tu comprendras toi aussi, bientôt, répliqua Minami en parant mon attaque. Pour qu'on puisse donner un bon coup de marteau, il faut s'y mettre à trois et maintenir debout le veau malade. Mon rôle était de l'amadouer avec de l'eau et de l'herbe.

J'étais sur le point de lui sauter à la gorge, mais ses yeux brillaient déjà de larmes. Je me taisais, le souffle court.

— Alors? dit Minami en essuyant ses larmes avec le dos de la main. Je l'ai vraiment fait.

— Ça n'a rien à voir avec le fait que nous sommes enfermés, répondis-je. Aucun d'entre nous n'est malade.

— Je ne peux pas m'exprimer bien, se hâta-t-il de dire. Mais je me suis souvenu du moment où j'ai tué le veau. Ça m'est revenu tout à coup.

Pour un peu, j'aurais été entraîné dans cette exaspération teintée de mélancolie qui l'avait envahi. Je n'étais plus en mesure de réprimer un tremblement des lèvres qui n'avait pas pour seule cause ma colère.

— Mais enfin, on n'y peut rien, dis-je. Ne pleurniche pas. On est prisonniers. On n'y peut rien.

Nous avons été rattrapés par mon frère et nos camarades. Entourés par eux, Minami et moi échangions un regard complice, comme de bons amis.

Je n'ai nullement l'intention de justifier à présent l'acte que nous avons commis, à la fin de cet après-midi. Aucun d'entre nous n'avait la moindre détermination ni n'exprimait le moindre jugement à ce propos. Ça a commencé tout à fait naturellement, bien que ce fût anormal, comme durant la période de croissance où les jambes des adolescents s'allongent très rapidement.

Notre premier geste a été de nous attribuer une maison pour chacun, ou pour la partager à deux, puis d'en forcer la porte avec violence. Nous avons fait main basse sur les aliments cachés, sans aucunement ressentir cette palpitation et cette exaltation typiques du vol.

Mon frère et moi avons choisi la maison qui se dressait à l'extrémité du chemin dallé, et dont les murs étaient recouverts d'un treillage. J'ai retiré le loquet de la porte de bois et j'ai écrasé le verrou avec la pierre que mon frère avait apportée. Alors, mon frère, frétillant comme un poisson, s'est agilement faufilé à l'intérieur sombre de la pièce en terre battue.

L'endroit était obscur, ce qui le faisait ressembler à une forêt désertée par les hommes. Il manquait la grâce de la « vie » et seule persistait une odeur humaine déjà décomposée. D'habitude, quand on entrait dans une maison, de toutes parts venaient vers nous des regards d'étrangers qui nous surveillaient, mais ici, ni le mur sommaire en torchis, ni les poutres noires apparentes, ni les meubles lourds qui s'enfonçaient dans la paille du sol ne cachaient d'yeux tournés vers nous. Il n'y avait pas là d'étrangers et même pas d'êtres humains. L'endroit avait été abandonné par les hommes.

Mon frère et moi nous piétinions sans émotion toute sorte d'objets éparpillés à même le sol de paille ou de bois, peu surélevé, comme des sous-vêtements qui avaient été abandonnés en catastrophe : nous nous sommes penchés, comme pour cueillir des fleurs au bord d'un chemin, et nous avons déniché un sac de riz, quelques poissons séchés, une infime quantité de sauce de soja restée au fond d'un vieux flacon ouvert et nous les avons transportés dans la rue. On a travaillé, mon frère et moi, lentement, en silence. À mon énième transport, alors que je jetais une gamelle contenant de la farine de soja sur les aliments qui s'entassaient au milieu du chemin dallé, Minami, chargé d'un sac de nourriture, sortit d'une petite maison au toit de chaume, au coin de la rue et m'appela en grimaçant :

— Je n'ai jamais commis un vol aussi ennuyeux, dit-il avec dépit.

— Comment va ton truc ? demandai-je à Minami qui avait l'habitude de se vanter d'avoir une magnifique érection à chaque vol.

— Il est aussi mou qu'une poupée en chiffon.

La voix de Minami s'éteignit aussitôt ne laissant que l'écho d'un sentiment de vide, et moi je suis retourné au « vol ennuyeux ». Si nous nous y obstinions, c'est qu'il n'y avait rien d'autre à faire. Mais ce travail coupable et nonchalant n'était guère de nature à durer longtemps. L'intérieur de la maison était exigu et les biens étaient pauvres. Par-dessus le marché, rien ne suscitait notre curiosité, même pour un instant. Mon frère et moi avons décidé de transporter notre butin, dans les limites de nos forces, jusqu'à la place devant l'école. Nos camarades y avaient déjà entassé leur moisson. Ce n'étaient jamais que des sacs de nourriture misérable. Sans doute, cela nous assurerait-il une vie pour des jours assez longs, mais ce n'était rien de plus. Nos camarades étaient tous vidés de toute énergie et ils donnaient même l'impression d'avoir honte de leur maigre butin devant eux. Nous avons, mon frère et moi, commenté laconiquement leur récolte, avant de descendre lentement la pente pour aller chercher le reste.

— Tiens, fit mon frère, en étouffant un petit cri. Là-bas...

Mes muscles qui s'étaient complètement relâchés se contractèrent soudain et mon sang reflua. Devant les biens que nous avions laissés, se dressait un jeune Coréen qui nous fixait en soulevant à bout de bras un sac de riz. Le silence de la vallée environnante, les cris à la fois soudains et hébétés de nos camarades, la lumière de la fin de l'après-midi m'ont saisi, me réchauffant tout le corps, tandis que j'avançais doucement en fixant mon ennemi. Il laissa retomber le sac de riz et comme il baissait la tête pour se défendre, je bondis vers lui.

Le premier corps à corps fut violent et sans merci : nos ongles s'enfonçaient dans notre chair, nos corps s'entrechoquaient, nos jambes s'entremêlaient. Nous sommes tombés sur les dalles et nous avons roulé sans bruit, nous nous donnions des coups de pied et nous heurtions les genoux. Nous nous battions silencieusement de toutes nos forces. Le garçon coréen avait une forte odeur et il pesait des tonnes. Mon bras droit cisaillé par un de ses genoux, j'ai perdu ma liberté de mouvement. Et puis, il a inséré un gros doigt dans une de mes narines ; le sang s'est mis à couler le long de ma mâchoire, mais je ne pouvais pas dégager ma tête de sous la poitrine de mon adversaire. Lui aussi, qui ne pouvait bouger, respirait violemment. J'ai étendu mon bras gauche et gratté le sol de mes doigts écartés. J'entendais mon frère s'approcher en courant et le garçon coréen grommeler une menace, et la main de mon frère glissa dans la mienne un caillou dur. De mon poing ainsi épaissi et alourdi, j'assenai un coup à mon ennemi.

Il gémit et s'affaissa, libérant mon corps. Je me relevai en portant une main à mes narines. Mon adversaire, qui resta allongé, tourna vers moi son visage rond, potelé et enfantin, aux lèvres charnues et aux yeux minces et doux. Je voulus lui donner un coup de pied de toutes mes forces dans son sternum sans défense et je me retournai vers mon frère. Il alla se réfugier derrière les arbres du bord de la route, les mains sur les hanches, ouvrit grand ses yeux pleins de larmes sans cesser de nous observer.

Je lui fis signe de me rejoindre avec un mouvement du menton, et je ramassai nos affaires autour de nous. J'empêchai mon frère de reprendre au dernier moment le sac de riz que le garçon coréen voulait dérober. Je n'avais plus envie de l'emporter. Nous sommes alors redescendus sur la pente, en abandonnant mon adversaire qui gisait encore par terre les yeux fixés sur nous.

— Tu es fort, toi, me dit mon frère d'une voix haut perchée et sanglotante.

— Lui aussi, il est fort, dis-je, en me retournant, alors que le sang dégoulinait de mon nez sur les affaires que j'avais dans les mains.

Le garçon coréen, qui avait saisi le sac de riz, se dirigeait en boitillant vers le pont étroit et court en terre battue, qui traversait la vallée. Sans doute rentrait-il chez lui dans le hameau coréen, à mi-pente de l'autre versant. Nous ne sommes pas les seuls à être restés ici, me suis-je dit avec une légère bouffée d'exaltation. Pourtant, pendant ce temps, mes narines saignaient obstinément, et si je ne m'allongeais pas, ma poitrine, mes mains, ce que je transportais seraient baignés de sang. Mon frère trépignant d'impatience m'abandonna à ma lente marche et remonta en courant le chemin dallé pour raconter à nos camarades mon combat avec le jeune Coréen soudain surgi.

Nos camarades furent bouleversés en apprenant qu'il y avait d'autres personnes restées au village. Mais, peu avant la tombée de la nuit, nous avons découvert un autre « prochain » qui avait été abandonné.

Nous étions en train de choisir nos logements et de préparer notre dîner. Suivant la volonté de chacun, nous avons occupé des maisons du village. Mon frère et moi nous avons opté pour un bâtiment dans le style entrepôt, en haut de la côte qui montait à partir de la place de l'école, probablement une grange pour les céréales au moment de la moisson, constituée d'une entrée en terre battue encore jonchée de fétus de paille et de graines de maïs, avec des sacs de paille vides, et d'une autre partie pourvue d'un plancher de bois peu surélevé; en guise de literie, nous y avons installé de vieilles couettes à fleurs. Pendant que je transportais et entassais des bûches dans l'entrée, mon frère arrachait des légumes dans le petit potager qui était cultivé à l'arrière de la grange; il dénicha une casserole dans une petite ferme voisine. Nous avons mis des morceaux de légumes, du poisson séché et quelques poignées de riz dans la casserole et nous sommes allés puiser de l'eau à la pompe qui se trouvait devant l'école.

Devant le hangar, nos camarades étaient attroupés, épiant à travers la porte entrebâillée. Le soleil couchant donnait à leurs corps, petits mais vigoureux, blottis les uns contre les autres et se bousculant, une ombre couleur de vin; ils étaient tous frappés de stupeur. Nous sommes accourus, mon frère et moi, et nous avons aperçu une petite fille, à la fois hébétée et pleine d'hostilité, assise à côté d'un cadavre recouvert d'un tissu et allongé à l'intérieur du hangar plongé dans l'obscurité. Je la contemplais, le cœur battant. Je ne pus réprimer un soupir de surprise.

— On l'a abandonnée toute seule en plein milieu des funérailles, expliqua Minami d'une voix grave, fébrile et excitée, en se frayant un chemin parmi nos camarades pour s'approcher de moi. Tout le monde s'est enfui. Ils sont vraiment dégoûtants.

— Oui, fis-je.

Je regardai la petite tête de l'enfant immobile, qui tournait vers nous des yeux épouvantés, une main délicatement posée sur le front du cadavre étendu au sol, d'une pâleur verdâtre et crue. L'air extérieur qui avait le poli doré du crépuscule allait pénétrer alors dans le hangar.

— Sens un peu, dit Minami en reniflant, ça pue. C'est la même odeur qu'un chien mort.

— Qui les a trouvés?

— Il y en a un qui a voulu dormir ici, expliqua-t-il en gloussant. Un cadavre et une petite fille folle. Il y en a un qui a voulu ça comme compagnie.

— Allez, arrêtez de regarder ça, dis-je.

Ses lèvres entrouvertes de terreur, ses gencives roses, ses joues crispées et convulsées, cette vision si peu ragoûtante et si sale commençait à m'écœurer. Du reste, je ne voulais absolument pas voir le cadavre.

— Celui qui a ouvert la porte doit la refermer, lança Minami.

Comme un des camarades s'approchait craintivement de la porte, le visage de la fillette fut pris de convulsions qui annonçaient des pleurs. Et quand la porte eut été fermée, on entendit des sanglots étouffés de l'autre côté de la porte. La petite fille devint alors mystérieuse, prenant des dimensions démesurées pour nous. La porte s'était coincée juste au dernier moment et elle n'était pas complètement close. Mais le garçon qui s'était chargé de la fermer, était tellement apeuré qu'il abandonna ce travail et l'on voyait trembler son dos. Nous sommes restés immobiles pendant quelques instants. Mais c'était vraiment sinistre. Puis, chacun d'entre nous éprouvait une sorte d'âpreté au fond du cœur. Nous avons regagné nos foyers respectifs et repris la préparation du repas.

Nous avons mis le feu aux bûches sur le sol en terre battue. Ensuite, nous avons placé la marmite sur ces maigres flammes. Tout en supportant une faim tenaillante, nous ruminions notre inquiétude à propos de cette encombrante nouvelle venue.

— Cette fille, commença mon frère d'un air pensif, c'est sûrement parce que sa mère est morte, qu'elle est devenue folle.

— Comment sais-tu qu'elle est folle?

— Cette fille, dit-il d'un air ambigu, elle était tellement sale. Tu ne trouves pas?

— Oui, grommelai-je. Elle était en effet plutôt sale.

La soupe de riz a été prête à une rapidité que j'avais du mal à croire et elle n'était pas mauvaise. Nous l'avons servie en abondance dans la vaisselle que nous avons sortie de nos sacs de survie et nous l'avons mangée avec la plus grande concentration. La flamme qui se dégageait du tas des bûches au centre de la pièce au sol en terre battue avait chauffé l'air à l'intérieur de l'entrepôt qui était imprégné d'une odeur moite d'origine inconnue. Nous nous sommes repus, le corps ramolli de chaleur comme des invertébrés, et nous nous sommes allongés sur les planches de l'autre salle, jonchées de paille, après nous être enveloppés de couvertures. C'était la nuit, nous étions libres dans le village. Il a donc fallu dormir de notre propre volonté. En fermant les yeux, mon frère tira jusqu'au menton la couverture rêche et puante, qui sentait la sueur et la graisse et respira doucement. Je pensai alors apporter le reste de riz à la fille dans le hangar. Mais c'était au-dessus de mes forces et j'avais peur du grand cadavre de femme qui gisait à côté d'elle. L'image de la morte que j'avais aperçue dans la lumière éblouissante du crépuscule commençait à m'assaillir intimement. Puis ce fut le tour de mon camarade, étendu mort sur le dos, dans l'enceinte déserte du temple. Je pensais à la mort et j'étais envahi d'un sentiment qui oppressait mon cœur, asséchait ma gorge, tordait mes entrailles. C'était une sorte de maladie qui m'était propre. Une fois que cette sensation, bouleversement qui s'emparait de tout mon corps, se fut produite, je ne pouvais m'y soustraire avant de sombrer dans le sommeil. De plus, je ne pouvais jamais me souvenir de cette expérience avec réalisme durant la journée. J'avais le dos et les cuisses trempés de sueur glacée, j'y étais plongé jusqu'à la tête. La « mort » signifiait pour moi mon absence dans cent ans, dans des siècles, dans un avenir indéfiniment lointain. Même dans cette période lointaine, il y aurait des guerres, des enfants seraient détenus dans des maisons de correction, certains se prostitueraient à des homosexuels, mais d'autres mèneraient une vie sexuelle tout à fait saine. Mais alors, je ne serais plus là. Je réfléchissais, en me mordant les lèvres : j'étais fou de rage et j'avais le cœur serré d'angoisse. En ce moment même, me disais-je, il est possible que des deux morts jaillissent d'innombrables microbes qui infestent lentement et sûrement l'air de la vallée étroite. Et nous n'avons plus aucun moyen de lutter. Je tremblai violemment.

— Qu'est-ce qu'il y a ? demanda mon frère.

— Rien, répondis-je. Endors-toi, vite.

— Tu n'as pas froid ? hésita mon frère après un moment de silence. Il n'y a pas un courant d'air ?

Je me levai d'un bond, j'enlevai une paillasse au sol et fabriquai un coupe-vent pour boucher l'interstice de la porte de bois à l'entrée. J'aperçus, à travers l'interstice, aux alentours du hameau coréen à mi-pente sur l'autre versant, la flamme douce d'un feu qui scintillait comme un signal. C'est lui qui fait du feu, me dis-je en sentant poindre au fond de mon corps une infime sensation fiévreuse qui ressemblait à de l'amitié. Les légères contusions de tout mon corps et mon saignement de nez, ces deux douleurs me revinrent en produisant comme un petit plaisir. Il était vraiment fort, me dis-je, parmi les Coréens il y en a qui sont très forts et, si on se bat avec eux, ça risque de durer longtemps.

— Montre-moi l'ouvre-boîtes en chameau, dit mon frère d'une voix geignarde. Rien qu'un petit peu.

Je sortis de mon sac de survie un ouvre-boîtes en forme de tête de chameau et je le tendis à mon frère. Maintenant il n'était d'aucune utilité, mais il nous plaisait beaucoup à mon frère et à moi. Il voulait en devenir le propriétaire. Lorsque je me fus reglissé sous la couverture, mon frère colla à moi son dos chaleureux et nostalgique.

— Dis-moi, lui demandai-je doucement, tu n'as pas peur?

— Ah? fit-il d'une voix endormie, après avoir bâillé. Tu peux me prêter un moment cet ouvre-boîtes en chameau. Je peux le garder dans mon sac?

— Tu me le rendras plus tard, répondis-je avec magnanimité.

Le feu du sol en terre battue était sur le point de s'éteindre, tandis que résonnaient les cris des bêtes de la forêt qui entourait la vallée, les soudains battements d'ailes des oiseaux et les craquements des écorces d'arbres sous l'effet du froid. Malgré un pénible effort pour m'endormir, j'étais trop écrasé par l'image de la mort, désespérante à me rendre fou et si pesante. Quand je commençai à entendre la respiration paisible et angélique de mon frère, j'étais si jaloux je perdis toute tendresse à son égard. Dans le village dormaient — s'ils ne souffraient d'insomnie — les délaissés et les morts sans sépulture, alors qu'en dehors du village, d'innombrables personnes, malveillantes, dormaient toutes sans exception à poing fermé.

V. Coopération entre
les délaissés

Le lendemain matin, mon frère et moi, nous avons de nouveau préparé une soupe de riz dans un silence presque total, puis nous avons mangé assis devant le feu du sol en terre battue. Nous n'avions guère d'appétit. Le village était complètement silencieux.

Dehors, il régnait une lumière douce et faible d'hiver. Des aiguilles de givre, de part et d'autre du chemin dallé, tombaient les unes après les autres. Nous avons dévalé la pente, en relevant nos cols comme un foulard. Sur la place de l'école, nos camarades étaient déjà attroupés ou rôdaient sans but. L'atmosphère paresseuse et l'apathie dont ils étaient la proie s'insinuaient en moi comme un venin.

Mon frère et moi nous sommes assis sur une pierre au coin de la place, nos genoux ramassés sur la poitrine. Un groupe qui s'était rassemblé autour de Minami jouait à saute-mouton. Mais ils y participaient avec peu d'intérêt, de mauvaise grâce, donnant un spectacle exaspérant. Le jeu devait exiger une dépense physique, mais ce n'était pas vraiment autre chose que de rester assis, les genoux contre la poitrine. Minami et ses amis s'en sont lassés et, ayant formé un cercle, ils ont baissé chacun leur pantalon, pour exposer au vent leur bas-ventre. Gloussements obscènes et bruyantes railleries. Au contact du soleil radieux, leurs sexes se dressèrent lentement, puis se ramollirent tout aussi lentement et s'érigèrent de nouveau. Les mouvements autonomes de leurs sexes, qui étaient dépourvus de la vitalité impérieuse du désir et de la tendresse qui suit l'apaisement, duraient interminablement sous le regard de tous. Cela ne présentait aucun intérêt.

Pendant ces jeux inertes, nous avons examiné une horloge démodée qu'un camarade avait apportée et, levant les yeux, nous avons évalué la position du soleil. Mais le temps était si lent, il n'avançait guère. Le temps ne bouge pas du tout, me dis-je exaspéré. Tout comme le bétail, le temps ne veut pas avancer sans la surveillance sévère des hommes. Comme les chevaux et les moutons, le temps ne fait pas un pas sans l'ordre d'un être humain. Nous sommes englués dans la flaque du temps. On ne peut rien faire. Mais rien n'est plus difficile et exaspérant, fatigant et vénéneux pour le corps que d'être emprisonné sans rien pouvoir faire. Je me suis levé en m'ébrouant.

— Quoi? fit mon frère en levant un regard trouble et vague.

— Je vais donner le reste de la soupe de riz à la petite fille dans le hangar, dis-je en saisissant l'idée qui me venait soudain.

— Ah bon, répondit-il sans force en baissant sa nuque, maigre et sale, mais d'une beauté poignante. Moi, je vais voir si je trouve des légumes qui sont bons.

— Ce serait bien si tu trouvais du chou blanc.

Abandonnant mon frère, je remontai en vitesse la côte en direction de l'entrepôt de céréales.

La soupe avait refroidi, elle s'était coagulée au fond de la marmite. Cette vue me fit hésiter, mais je n'ai pas renoncé au projet. Car il n'y avait rien d'autre à faire. Pour nous qui étions enfermés dans le village, tout était froid et dur, rétif à tout attendrissement. Je revins sur mes pas en courant et me dis que le chemin dallé, les arbres nus, le bâtiment de l'école, mes camarades qui s'affaissaient comme des bêtes sur la place, tout cela excluait totalement tendresse et chaleur.

La lourde porte du hangar était fermée, mais laissait apparaître un étroit interstice. Je jetai un coup d'œil et fus décontenancé de constater que le visage de la fillette, dans une lumière poudreuse d'une blancheur insolite, était tout près. Elle me fixait droit dans les yeux avec intensité : elle avait des cernes d'insomnie. Au-delà de ses épaules étroites, je vis la morte qui gisait, sur le dos. Comme ce cadavre puait, pensai-je avec un dégoût impulsif et sans objet, l'enfant devait s'efforcer de s'éloigner du corps et de respirer de l'air pur par l'entrebâillement de la porte. Je me suis hâté de glisser la marmite dans l'ouverture.

La fillette fut soudain saisie de crainte et se leva en hésitant. Je fus pris de court ce qui fit que ma voix me parut rauque et fragile.

— Mange donc ça, hein?

Elle gardait le silence, la tête baissée, tremblante comme une poule. J'étais moi-même furieux du ton mielleux de ma propre voix.

— Ta mère est morte, n'est-ce pas? Allez, mange.

La petite fille, en se bouchant les oreilles, transformées en pierres, se taisait obstinément. Je lui tournai violemment le dos et je remontai en courant le chemin dallé, en me mordant les lèvres de rage. « Le petite idiote! La petite idiote! », je murmurais des insultes contre elle, mais, curieusement, si j'avais arrêté mon monologue d'invectives, j'aurais été au bord des larmes. Je ne m'appartenais plus.

Lorsque je regagnai la place de l'école, je vis, au milieu du groupe de mes camarades, mon frère qui avait l'air excité, assis par terre avec, entre ses genoux, non pas un chou, mais un chien de taille moyenne, manifestement apathique et pitoyable. L'animal frottait familièrement son museau contre la poitrine de mon frère, avec des jappements affamés proches du hurlement.

— Mais, où l'as-tu trouvé? demandai-je — la

surprise m'avait coupé le souffle. Où était-il, ce chien?

Le visage de mon frère, aux cernes cuivrés, exprimait une fierté, une joie, une gêne irrépressibles qui le firent bégayer.

— Il est si heureux d'avoir trouvé ce chien qu'il ne peut plus parler, intervint Minami, sur un ton déplaisant empreint de jalousie et de moquerie. On va l'abattre et le manger!

Les épaules de mon frère tressaillirent et il étreignit l'animal. Il observait, par en dessous, les gestes violents et tendus de Minami.

— Mais voyons, fit Minami, en exagérant son mépris, piqué au vif par la désinvolture de mon frère. Celui-là, il s'accroche à ce chien et ne l'abandonnera jamais. Je parie que son machin est dur, mais il est grand comme mon petit doigt et tout juste bon pour un chien.

Mon frère en se mordant les lèvres et en tremblant de colère dut supporter les rires qui fusèrent.

— Emmène ce chien et donne-lui des poissons séchés, dis-je avec autorité pour couper court aux remarques de Minami. Ne fais pas attention à ce qu'ils disent.

Mon frère, qui avait retrouvé toute son énergie, entraîna le chien dans l'entrepôt de céréales, en le sifflant, suivi par les plus jeunes de nos camarades. Minami me lança un regard éclairé par un imperceptible sourire, puis il fit sauter un caillou de la pointe du pied. Nous nous ennuyions tellement que nous aurions voulu qu'un événement quelconque se produise, mais nous n'avions pas assez de force pour nous battre.

Nous commencions à être exaspérés et fatigués par la lenteur insistante du temps et du silence qui enveloppait la vallée. Nous étions par ailleurs dans l'attente. Peu importait de quoi. Il suffisait de quelque chose qui aurait rétabli notre satisfaction et notre attention. Cela pouvait même être le retour des villageois. Certes, nous étions entrés chez eux par effraction, nous les avions pillés, nous avions occupé leurs logements, mais nous ne savions plus si nous haïssions ceux qui nous avaient abandonnés.

Peu après midi, je n'avais guère d'appétit, mais je suis allé récupérer la marmite dans le hangar afin de préparer la soupe de riz. La marmite était complètement vide et elle avait été posée devant la porte. Je jetai un coup d'œil à l'intérieur et mon regard croisa, un court laps de temps, le regard adouci de l'enfant dont la vigilance avait faibli. Mais ni l'un ni l'autre nous n'avons soufflé mot. Après le déjeuner, j'ai divisé en deux les restes : j'en ai donné la moitié au chien qui ne lâchait plus les cuisses de mon frère et l'autre, je l'ai apportée à la petite dans le hangar. Dans la pénombre, derrière la porte, elle leva les yeux vers la marmite que je lui tendis. Mais elle ne présenta pas pour autant sa main pour la saisir. Je posai par terre le récipient et, comme il m'a semblé que la petite voulait boire, je suis allé remplir d'eau une vieille gourde à la pompe, devant l'école.

109

À mon retour, je vis que la fillette mastiquait énergiquement la nourriture que je lui avais apportée. Elle m'opposait encore son visage fermé, mais je lui indiquai la gourde et je repartis avec une certaine satisfaction. Quant au chien de mon frère, non seulement il lapait notre soupe de riz, mais dévorait frénétiquement tout ce que les enfants lui donnaient.

Tard dans l'après-midi, après un laps de temps épais et lourd, nous avons vu un garçon, qui avait sur le dos d'encombrants bagages enveloppés dans un tissu blanc, descendre lentement le chemin qui, venant du hameau coréen, traversait en biais l'autre versant pour s'enfoncer dans le fond de la vallée. Nous avons tout de suite compris que c'était mon adversaire au combat et que ce qu'il transportait sur ses solides épaules était, quoiqu'on ne le vît pas sous le tissu blanc, le cadavre d'un adulte. Nous étions médusés.

Nous observions avec fascination le jeune Coréen qui bandait péniblement ses muscles vigoureux pour mieux supporter le poids de sa charge. Lorsque sa tête et la masse blanche furent cachées par le bâtiment de l'école, nous avons parcouru une ruelle humide et puant l'urine — car elle était recouverte par les extrémités des toits de chaume —, pour aboutir à une prairie en pente qui menait vers le fond de la vallée. Puis, à mesure que le jeune Coréen descendait de son côté, nous avons peu à peu traversé le pré en déclivité. Le Coréen était manifestement conscient de notre présence, mais gardait obstinément la tête baissée et il nous ignora jusqu'au moment où il eut atteint un pré plat au fond de la vallée, sur l'autre rive de l'étroite rivière, en face du lieu où nous avions enterré notre premier travail dans le village.

Il déposa ensuite le corps par terre et jeta vers le groupe silencieux que nous formions un coup d'œil furtif et rusé. Puis il remonta sur le sentier avec une extraordinaire vivacité, et réapparut portant une houe sur l'épaule comme un fusil. Avant même qu'il ne se mît à creuser un trou juste à côté de l'endroit où gisait la masse blanche, une même idée, commandée par sa propre intention, nous traversa violemment l'esprit. De même qu'il enterrait ce cadavre, nous ensevelirions notre mort. Nous nous sondions mutuellement en échangeant des regards fiévreux.

— Dites, lança Minami, on va l'enterrer, nous aussi.

— D'accord, répliquai-je avec assurance.

— De notre côté, nous allons nous charger du transport, annonça précipitamment Minami en me coupant la parole. Pendant ce temps, toi, tu creuseras un trou avec deux ou trois autres.

J'acquiesçai et me hâtai vers l'espèce de grange qui abritait des houes. Mon frère était accroupi dans les hauteurs du pré, à caresser le dos du chien qui, effrayé par l'apparition du jeune Coréen, gémissait, sa queue tout enroulée. Nous nous sommes mis au travail. Quand Minami et ses acolytes sont arrivés, transportant le corps de notre camarade enveloppé dans une couverture, le chien commença à japper bruyamment comme si on allait l'étrangler et il enfouit son museau entre les cuisses de mon frère auquel, malgré son impatience de nous aider, je ne pus faire appel.

J'avais déjà enterré des cadavres de chiens, de chats, de rats et je savais donc, par expérience, qu'il fallait prévoir de creuser un trou plus large et plus profond pour contenir le corps. Par conséquent, lorsque Minami et les autres eurent déposé le cadavre fermement enveloppé dans la couverture, ils vinrent à la rescousse en haut du pré, au-delà d'un petit talus où avaient été ensevelis les animaux. De l'autre côté de la vallée, le Coréen creusait le trou pour son mort en levant la houe à bout de bras à la verticale.

Sous nos épais sous-vêtements, nous ruisselions et la crasse commençait à dégager une odeur fétide quand nous avons transporté le fardeau enveloppé dans la couverture, mais le trou n'était pas encore assez profond. Nous avons dû remonter le corps maintenant maculé de terre et nous sommes redescendus dans le trou pour y manier à nouveau nos houes.

Sur le pré de l'autre versant aussi, les travaux avaient du mal à avancer. Au fond de notre trou creusé en profondeur, l'eau souterraine se mettait à suinter en abondance. Dans la flaque rougeâtre qui se formait rapidement, nous avons déposé le cadavre raidi enveloppé d'une couverture. Alors que Minami et les autres, comme pour planter un

112

bulbe, définissaient soigneusement la position du mort et s'employaient à le recouvrir d'une terre molle, je me suis assis à côté de mon frère qui était accroupi, avec son chien contre les genoux. Du haut du pré où j'étais assis, blotti contre mon frère, le trou dans lequel était enseveli notre mort et celui dans lequel nous avions enterré une grande quantité de dépouilles d'animaux semblaient former le début d'une disposition régulière, comme s'ils avaient constitué une paire de repères initiaux. Je pensai aux tombes simples qui allaient être créées, à l'infini, à égale distance de ces points initiaux et aux morts innombrables qui y prendraient place. Dans le monde entier, sur les champs de bataille ou ailleurs, combien de morts ! Des personnes encore plus nombreuses creusent des trous pour les enterrer. Il me sembla que notre unique sépulcre allait proliférer sans fin dans tout l'univers.

Notre camarade gisait maintenant sous la terre et sa peau, la muqueuse de son anus ouvert, ses cheveux trempaient dans l'eau souterraine qui les imprégnait. Cette même eau, qui avait déjà imbibé les nombreuses carcasses animales et s'était écoulée sous terre, serait bue par les robustes racines des plantes.

J'étais abattu et ne voulais plus y penser. Je me suis levé et j'ai regardé sur l'autre rive. Le jeune Coréen venait lui aussi de terminer son enterrement. Il tenait avec les plus grandes difficultés avec ses deux bras une grosse pierre. Je comprenais sa louable intention. Ou bien il voulait poser une stèle commémorative pour le défunt, ou bien il voulait placer un pesant couvercle de crainte que le mort ne se lève au cours de la nuit. Dans les deux cas, son geste était héroïque et parlait à mon cœur accablé. Je dévalai la pente et donnai une tape sur l'épaule de Minami, qui était en train de bâtir un tertre en terre.

— Quoi? fit-il en tournant vers moi son visage rougi par l'effort.

— Regarde, répondis-je en pointant la rive opposée.

Mais les grandes plantes et la déclivité du terrain cachaient la silhouette du jeune Coréen qui était assis sur la pierre.

— Il est en difficulté, on va l'aider, ajoutai-je.

Minami me dévisagea d'un air perplexe. Mais je n'en tins pas compte et me mis à courir, bientôt suivi par lui. Nous avons sauté par-dessus le torrent et nous avons traversé le pré de l'autre rive. Le jeune Coréen dressa agilement son grand corps, se mit en position de défense et nous fixa à mesure que nous approchions.

— On va t'aider, m'écriai-je en agitant les bras. Cette pierre doit peser, on va te donner un coup de main.

— Tu ne pourras jamais la transporter seul, renchérit Minami.

Le garçon, en fixant sur nous un regard soupçonneux, exprima une perplexité de plus en plus lisible sur ses lèvres épaisses. Laissant nos bras tomber exagérément le long du corps pour bien lui faire comprendre que nous n'avions pas l'intention de l'attaquer par surprise, nous nous sommes approchés de lui. Il rougit violemment sans doute par embarras et par excitation. Nous l'avons aidé à transporter la pierre. Quand la pierre fut placée de façon stable, nous avons poussé un soupir fébrile et nous nous sommes redressés en nous regardant mutuellement. Nous étions tous trois gênés par une sorte de désœuvrement et de sentiment de maladresse.

— C'est chez toi, non, qu'on a hissé un drapeau rouge en papier? demanda Minami d'une voix prise et embarrassée. Est-ce que c'est ta mère qui est morte?

— Mon père, répondit net le jeune Coréen en articulant avec lenteur. C'est mon père qui est mort. Ma mère s'est enfuie avec les gens du village.

— Pourquoi tu ne t'es pas enfui toi aussi, demanda Minami.

— Avec mon père mort, je ne pouvais pas fuir, répondit le jeune Coréen.

— Ah bon, c'est ton père, dit Minami sans conviction.

Mais il se tut, sans en attendre davantage. Le jeune Coréen tourna alors ses yeux brillants vers moi. Et il remarqua mes narines enflées et rouges. J'observai les taches bleues qui marquaient son visage large et plat. Un sourire se dessina sur les lèvres de mon adversaire au combat.

— Comment tu t'appelles? me suis-je hâté de lui demander. Hein?

— Lee.

Pour réprimer le sourire qui s'esquissait malgré lui, il baissa la tête et, de la pointe de ses sandales de paille tressée sur ses pieds nus, il traça son nom sur la pente du tertre mou.

— Ah oui, répondis-je d'une voix gutturale, tout en admirant la beauté des lettres que formait la ligne tracée par le garçon. C'est Lee ?

— Je ne t'en veux pas pour ce matin, dit Lee, la tête toujours baissée.

— Moi non plus, rétorquai-je.

Nous nous sommes regardés dans les yeux et avons ri sans raison particulière. Je me suis rendu compte qu'il m'était sympathique.

— Vous aussi, vous avez fait un enterrement ? demanda Lee en s'adressant cette fois à Minami, sur un ton familier, comme s'ils avaient été intimes. Quelqu'un est mort, non ?

— Un camarade.

— Et il y a aussi une femme qui est morte dans l'entrepôt, ajoutai-je en me la rappelant soudain. Ça fait trois morts dans le village.

— C'est la réfugiée de l'entrepôt, dit Lee en manifestant un vif intérêt. Vous l'avez déjà enterrée ?

— Non, pas encore, répondis-je.

— Si on n'enterre pas la victime d'une épidémie, les survivants peuvent être contaminés, intervint autoritairement Minami. Voilà ce que j'ai appris d'un éducateur de la maison de correction.

— La petite fille est restée à ses côtés, expliquai-je. C'est pour ça qu'on ne peut pas sortir sa mère et l'enterrer.

— Je connais cette fille, dit d'une voix sonore Lee, les yeux brillant de fierté, en découvrant ses dents épaisses et blanches. Je vais lui parler.

— Après ça, on enterrera la mère, reprit Minami d'une voix haut perchée au diapason de Lee. On est prêts à tout enterrer.

De part et d'autre de Lee, nous avons de nouveau franchi le ruisseau et rejoint nos camarades ébahis. Je me suis assigné la tâche de creuser un trou plus grand que celui qui avait accueilli notre camarade, pour qu'il pût contenir le cadavre de la réfugiée que Lee et les autres allaient chercher. Avec des cris de sauvages, Lee et Minami, accompagnés de la moitié de nos camarades, remontèrent, en courant et en trébuchant souvent, la côte raide encore couverte d'herbe verte et jonchée de feuilles mortes et de brindilles jaunies.

Comme nous étions déjà habitués à creuser des trous, les travaux sont allés bon train. Pour accomplir notre tâche, nous nous sommes divisés entre ceux qui maniaient la houe et ceux qui ramassaient la terre. Dès qu'un insecte apparaissait sous la terre, nous l'écrasions. Lee et les autres devaient être en pourparlers avec la petite fille devant le cadavre dans l'entrepôt, car ils ne revenaient pas encore. Au bout d'un certain temps, nous avons entendu des cris venant du chemin dallé. Je laissai le reste du travail aux autres et remontai le sentier boueux qui était en train de sécher après le dégel dans le pré.

Minami et les autres avançaient en transportant sur leurs épaules la morte enveloppée également dans un tissu blanc comme si cela avait été un veau immobilisé par une patte cassée. Le reste du groupe soutenait le corps, chacun un bras tendu. Et Lee, que sa haute taille contraignait à se pencher, parlait à la petite fille qui, tout en restant à l'écart du groupe des garçons, les suivait d'un regard vigilant. D'abord le groupe avec la morte est passé devant moi qui observais leur cortège sur le bas-côté. Puis ce fut le tour de la petite fille si pâle, avec ses lèvres gercées et ses yeux pleins de larmes. Elle ne me prêta aucune attention, regardant résolument devant elle, les épaules tremblantes, étouffant un sanglot.

— Tu sais, on n'y peut rien, elle est morte, dit Lee chaleureusement, pour la consoler. Ta maman est morte, tu comprends. Ça sent, il faut l'enterrer.

J'ai immédiatement suivi Lee et les autres. Mes camarades étaient en train de déblayer toute la terre en silence et avec la plus grande application. Minami et les autres restaient là, avec le cadavre dans leurs bras, n'ayant rien d'autre à faire que de manifester certains égards envers la petite fille. Elle s'arrêta en haut de la prairie, et, malgré les appels de Lee, s'accroupit sans oser s'approcher du trou davantage. Puis, elle fut secouée de sanglots en observant l'opération.

Mes camarades étaient autant expérimentés que

des employés des pompes funèbres : ils allongèrent le cadavre au fond du trou et le recouvrirent de terre. La petite fille colla son visage contre ses genoux pour pleurnicher. Lee et moi, embarrassés de devoir rester à ses côtés, nous l'avons abandonnée à ses larmes et avons rejoint le groupe de nos camarades.

— Est-ce qu'on va poser une pierre ? demanda Minami à Lee qui approchait. Je ne sais pas ce qu'il faut faire après avoir enterré. Oui, après l'avoir enterrée.

— On va tasser la terre, répondit Lee, en piétinant le sol.

Nous avons hésité. Puis, assez craintivement, nous avons escaladé les tertres encore mous au-dessus de la morte qui avait été enterrée les jambes et les bras repliés. Puis nous nous sommes divisés en trois groupes pour surmonter les trois tertres. Mon frère qui ne tenait pas en place s'est joint à celui qui piétinait le tertre des animaux.

Lorsque, suivant l'exemple de Lee, nous nous sommes mis à piétiner lentement la terre, les chaînes de montagnes qui entouraient la vallée des quatre côtés sombrèrent peu à peu dans une ombre pourpre et, dans le village enseveli sous le silence du crépuscule, ne demeurait que le ciel saisi dans une blancheur vespérale. Le coucher de soleil qui nous prit comme par surprise donnait un sens pesant et évident à notre activité. On aurait dit que ce n'était qu'à la tombée de la nuit que nous visitait l'image d'une « mort » intolérable qui nous oppressait la poitrine et nous donnait des sueurs. Nous avons poursuivi ce travail en redoublant d'ardeur.

Les premiers Japonais, par crainte de la résurrection des morts, repliaient les jambes des cadavres et empilaient par-dessus des planches qu'ils surmontaient d'une lourde pierre. Nous aussi, redoutant que notre camarade ne ressuscite du fond de la terre et qu'il ne fasse des ravages dans le village refermé où ne restaient plus, abandonnés, que les enfants, nous mettions toute notre force dans nos jambes pour piétiner le sol.

Ensuite, dans l'air frais de la nuit qui peu à peu s'épaississait, dans une brume glacée comme une poudre figée, dans un froid paralysant, nous nous sommes blottis insensiblement, les uns contre les autres, en nous enlaçant, et, formant un cercle silencieux et compact, nous avons piétiné la terre. Une ferme solidarité s'était créée entre nous, les délaissés. Sous une fine couche de terre qui conservait un soupçon de la chaleur du jour, plus que ne le faisait la brume et plus encore que notre peau, gisaient, les quatre membres repliés, ceux dont les yeux sombres et froids étaient endormis sous des paupières mortes, ceux dont les parties intimes entre les jambes et les cuisses fourmillaient de vers.

Ils faisaient peur comme des oiseaux qui auraient pris leur envol à nos pieds, mais ils étaient tout de même plus près de nous que les adultes qui nous excluaient de l'autre côté de la vallée, armés de fusils à l'ombre des barricades, les adultes veules de l'« extérieur ». Pourtant, la nuit venue, personne ne sortit en courant des maisonnées mortes pour nous appeler d'une douce voix, et nous avons continué à tasser la terre pendant très longtemps, nous tenant par les épaules, en silence.

Le lendemain matin, lorsque je suis allé lui apporter les restes du petit déjeuner, la petite fille prenait le soleil, assise sur le bas perron du hangar. Pour la première fois, elle accepta la marmite que je lui tendis. Ça me réchauffa le cœur. Je voulais rester à ses côtés, en attendant qu'elle termine son repas. Mais elle tardait à manger.

— Viens donc déjeuner chez moi à midi, lui proposai-je brutalement.

Sans attendre sa réponse, je suis reparti en courant. À midi, la petite ne répondit pas à mon invitation. Avec mon frère et le chien, je revins donc lui apporter de quoi manger. Pendant que nous restions à ses côtés, elle caressait du bout de ses doigts courts et fins le dos du chien, en gardant la tête baissée. Assez content de constater qu'elle s'était habituée à ma présence, je repartis.

Ce jour-là, il faisait si froid que j'ai dû faire du feu dans la salle en terre battue de l'entrepôt des céréales et je me suis endormi quelque temps à côté.

Mon frère est venu me réveiller. Sa voix presque bouleversée m'a fait me précipiter sur le chemin dallé illuminé par un soleil encore haut dans le ciel.

— Lee t'appelle, dit mon frère en postillonnant. Il veut nous montrer le soldat.

— Quel soldat? demandai-je en levant la voix, moi-même gagné par l'excitation de mon frère.

— Le soldat. Le soldat qui s'est enfui.

Bousculant mon frère par l'épaule, je dévalai la pente. Sur la place de l'école, Lee était plus rouge que jamais : son visage si sain, de la couleur d'un kaki mûr, était cramoisi d'excitation. Mais Minami et les autres étaient encore plus survoltés.

— Est-ce que c'est vrai cette histoire de soldat? demandai-je à Lee, à bout de souffle.

— Tu promets que tu ne raconteras rien aux gens du village, dit-il avec prudence et circonspection. Tu ne me mentiras pas et tu ne me trahiras pas?

— Est-ce que c'est vrai cette histoire de soldat? répétai-je avec colère.

— Tu dois me promettre que personne ne me dénoncera.

— Je ne te dénoncerai pas et si jamais quelqu'un le fait, on lui fera la peau.

Je me tournai vers les autres.

— D'accord, vous? Pas un mot.

Mes camarades jurèrent de plus belle qu'ils seraient des tombeaux. Comme Lee continuait à hésiter, Minami, dont l'exaspération et l'impatience faisaient dérailler la voix, lança :

— Tu nous prends pour des chiens? Si tu ne te décides pas, tu ne t'en tireras pas à si bon compte.

Lee, s'étant finalement ravisé, acquiesça. Nous

l'avons alors entouré et nous avons dévalé ensemble le chemin dallé. Il répondait difficilement à nos questions comme s'il commençait à regretter d'avoir promis de révéler son secret. Tout en l'assaillant de questions avec insistance, nous avons franchi le petit pont en terre battue, puis nous avons escaladé la côte escarpée qui conduisait au hameau coréen. Je me souvenais alors des cadets qui attendaient près du camion pour chercher le fugitif et du groupe de villageois sanguinaires qui participaient à la battue, armés de lances de bambou. Il n'avait pas dû être facile d'échapper à leur encerclement et de traverser la vallée pour fuir.

— Où as-tu retrouvé le soldat? demandai-je vivement en posant un bras sur son épaule et répétant ainsi la question que les autres lui posaient. Allons, parle.

— Je ne sais pas très bien, balbutia-t-il. Ça fait longtemps qu'on le protège dans notre hameau. Le jour, il dormait dans la mine désaffectée. Le soir, il sortait et venait manger.

— Il est toujours dans la mine désaffectée? demanda Minami.

— Maintenant que les gens du village et du hameau se sont enfuis, il reste chez moi, même pendant la journée.

— Que fait-il? demanda mon frère d'une voix excitée. Dis-moi, que fait-il?

— Tu vas voir maintenant, répondit Lee agacé avant de se taire.

Les maisons du hameau coréen étaient encore

plus misérables que celles du village : c'étaient des constructions qui évoquaient plutôt des granges munies d'auvents moins élevés. Les rues n'étaient pas dallées et du sol desséché émanait beaucoup de poussière. Comme à l'arrière les maisons donnaient directement sur la forêt, les branches touffues de chênes s'étendaient jusqu'au-dessus de la rue. La gorge sèche d'impatience, nous marchions dans un nuage de poussière, suivant docilement Lee.

Il s'arrêta à la dernière maison où jadis nous avions vu accroché un fanion rouge, devant la porte basse, de guingois, faite de deux planches rongées d'insectes, et nous l'avons imité. Puis Lee fit un signe imperceptible et se faufila seul dans une venelle qui contournait la maison. Nous l'attendîmes. La porte basse s'ouvrit soudain, la tête de Lee apparut dans l'entrebâillement et il nous pressa d'une voix exaspérée et impérieuse.

— Entrez donc.

Nous sommes entrés et, dès que nos yeux se sont habitués à l'obscurité, nous avons aperçu un homme couché sur une paillasse à même le sol en terre battue, qui redressait lentement le buste. Nous ne pouvions pas entrer tous ensemble dans la pièce, mais nous nous sommes entassés pour observer l'individu, en retenant notre souffle. L'homme se retourna vers Lee qui se trouvait derrière lui. Dans l'obscurité, nous examinions, stupéfaits, son cou d'une couleur malsaine, envahi de barbe, qui tressaillait.

— Allons, dit Lee comme pour encourager l'homme. Ce sont des amis. Ne crains rien. Personne ne te dénoncera.

Je sentis toute mon excitation se dissiper dans mon cœur et une amère déception m'envahir. L'homme manquait d'éclat, il n'avait pas la splendeur des cadets. Il n'avait ni leurs petites fesses fermes moulées dans l'uniforme, qui éveillaient le désir, ni leur cou vigoureux, ni leur menton légèrement bleu, rasé de près. Il avait à la place une expression épuisée et assombrie sur un visage terni et misérable, d'un âge incertain, et gardait un silence obstiné. De plus, au lieu de l'uniforme de combat empreint de sensualité et d'un surcroît d'obscénité, il portait une veste de travail.

— Regardez vite et laissez la place au suivant.

Comme s'il avait montré à des amis un lapin qu'il aurait élevé, il ne cachait pas qu'il désirait remettre son « lapin » en lieu sûr au plus vite.

— Il est fatigué, reprit-il. Il n'a pas envie d'être regardé trop longtemps.

Sous nos yeux, le soldat se recoucha sur sa paillasse en silence. Nous sortîmes également muets pour céder la place à nos camarades qui se bousculaient par-derrière. On respirait au-dehors un air neuf, différent de celui de la maison, où flottait une odeur de bétail. Sombrant dans une profonde déception, j'ai aspiré le vent qui sentait l'écorce d'arbres.

Mais les plus jeunes d'entre nous étaient au comble de l'excitation et, ravis d'avoir vu le fugitif, ils avaient les joues toutes rouges. Pour pouvoir apercevoir une fois encore le soldat, ils ont refait la queue derrière ceux qui attendaient impatiemment leur tour. J'éprouvais du mépris pour ces camarades qui évoquaient l'évasion avec des soupirs unanimes d'envie. J'étais pour ma part refroidi, sensation fade et déplaisante.

J'ai fait signe à mon frère de redescendre vers le village, mais il parlait du soldat avec les camarades, les yeux brillants. Ils avaient la tête ailleurs.

— Ce sont donc les Coréens qui le protégeaient, dit l'un d'entre eux que l'excitation faisait bégayer. Comme ils se parlaient en coréen, la police n'a pas compris.

— C'est comme ça qu'il a échappé à la battue, dit un autre. Même un sanglier aurait été pris.

— Il s'était évadé, dit mon frère de sa voix haut perchée. Évadé...

Quand Minami ressortit, il semblait de mauvaise humeur et se grattait les fesses avec un poing fermé. Je redescendis seul avec lui vers le village, devançant les autres. Il avait une expression de dépit, les lèvres grimaçantes.

— C'est zéro, lança-t-il. Il est complètement minable. Je suis vraiment déçu.

— Dire que c'est un cadet, ça, dis-je. Il a l'air si lâche.

— Hé oui, fit Minami. Je n'ai jamais vu un cadet comme ça.

— Tu serais prêt à coucher avec lui ?

— Il serait aussi nul qu'un poulet.

Minami, exprimant ainsi son mépris et son dégoût, me regarda fixement, puis, avant de rire bêtement, nous avons attendu sur le pont de terre battue l'arrivée de mon frère et des autres. Mais ils tardaient.

— Moi, je vais quand même aller voir, dit soudain Minami. Ça m'inquiète.

Je le regardai remonter la côte en courant, de plus en plus exaspéré et je me dirigeai vers la place en roulant des épaules.

La petite était accroupie, ses genoux entre ses bras, devant le hangar. Je m'approchai d'elle pour tromper ma petite solitude. Elle gardait le silence en tournant vers moi ses yeux gris ocre et ambigus. Je me suis adossé contre le mur du hangar et j'ai soutenu son regard pendant un moment.

— Dis-moi, commençai-je après avoir avalé ma salive, tu connais le déserteur?

Elle se taisait et ne réagissait pas.

Je grommelai en haussant les épaules.

— Tu es sourde et muette, non?

Elle baissa les yeux. L'ombre de ses cils épais s'étendit sur ses paupières, bleue comme celle des feuilles et des herbes.

— Viens donc manger chez moi, insistai-je. Tu ne veux pas?

Elle leva le front d'une manière ambiguë. Je m'accroupis pour saisir son bras et la soulever, mais elle me griffa avec une extraordinaire vivacité. Cela me mit hors de moi, et je la plantai là, repartant sur-le-champ.

Une fois sur la place de l'école, je me suis retourné et j'ai constaté qu'elle m'avait suivi, m'épiant comme une belette rusée. Je n'en revenais pas et j'étais agacé. C'était pourtant une bonne chose qu'elle vienne. J'ai fait semblant de ne pas remarquer sa présence, et j'ai regagné l'entrepôt pour l'y attendre.

Alors que je commençais à m'impatienter vraiment, elle se faufila furtivement dans l'entrepôt de céréales, derrière mon frère surexcité. Il répéta comme dans un délire que le soldat déserteur était finalement sorti de la maison pour avoir une conversation succincte avec ses camarades et lui. La petite s'assit au coin du feu de la pièce au sol en terre battue, la tête baissée, sans paraître vouloir m'aider à préparer le repas. J'avais envie de pester contre elle et mon frère.

Mais, une fois le repas entamé, les choses se passèrent sans problème entre nous trois. La petite mastiquait en remuant gracieusement son cou noir de crasse. Aussi regardait-elle avec curiosité mon frère nourrir le chien, de sa bouche à son museau.

— Dis-moi, me demanda soudain mon frère, trouve un nom au chien.

— Il s'appelle Nounours, intervint la petite.

Je la regardai stupéfait. Elle aussi semblait ahurie. Lorsque mon frère appela le chien par ce nom, l'animal agita vivement la queue. Mon frère et moi avons éclaté de rire. Après quoi, la petite eut un léger rire plutôt gêné. J'avais complètement recouvré ma bonne humeur, et j'ai continué à rire pendant longtemps.

— Il est à toi, ce chien? lui demanda mon frère avec inquiétude.

Elle secoua la tête.

— Il est mignon, n'est-ce pas? demanda mon frère, rassuré.

Moi aussi, je voulais dire quelque chose à la petite fille, mais je ne trouvais aucun sujet. Les mots se bousculaient en moi et je ne parvenais pas à articuler. Je renonçai à parler et je m'estimai satisfait d'ajouter du bois dans le feu devant la petite. Nous étions rassasiés et le feu nous brûlait le front. Nous nous sentions bien, tous les trois avec le chien, sinon que mon frère continuait à parler du déserteur.

Le lendemain matin, pour le petit déjeuner, nous sommes allés la chercher dans le hangar. Après le repas, nous avons rejoint ensemble la place de l'école. La petite s'assit silencieusement à l'écart de tous, à l'ombre des arbres, mais elle ne manifestait pas le moindre désir de regagner le hangar.

VI. L'amour

Dans l'après-midi le vent se leva soudain et il
faisait froid bien que le ciel fût clair. Sur les ver-
sants des montagnes qui entouraient la vallée, les
arbustes qui commençaient à bourgeonner et les
herbes au pied des taillis dépouillés se balançaient
au vent, en miroitant. Nous avons fait un feu de
joie devant l'école sur la place : tantôt nous restions regroupés, assis en nous tenant les genoux
autour du feu, tantôt nous rôdions sur la place le
dos courbé. La fumée bleu pâle ne montait pas vers
le ciel, car elle se dissipait aussitôt. Nous étions lassés de contempler le paysage qui s'étendait autour
du mirador peu élevé, le connaissant presque par
cœur, au point qu'il nous suffisait de le regarder
distraitement pour faire naître en nous un ennui
profond. Nous devions donc tuer le temps soit en
restant immobile sans rien regarder, soit en nous
agitant en tous sens. C'est dans de tels moments
que nous nous apercevions que nous étions épuisés
et que nous étions exaspérés par notre empri-

sonnement dans le village. Nous partagions une même fatigue, une indifférence et notre peu d'endurance, autant de caractéristiques de cette ambiance où nous étions tous plongés.

Mais lorsque le soldat apparut sur la place, accompagné de Lee, mes camarades furent bouleversés et retrouvèrent leur exaltation. Le soldat paraissait en meilleure santé que la veille, quand je l'avais découvert dans la pièce obscure. Dès qu'il se fut assis devant le feu, il s'affaissa et tourna vers nous des yeux impuissants et rougis comme ceux des lapins, devant notre expression inquiète.

— Nous sommes allés examiner les rails des wagonnets, dit Lee. Si c'est comme ça, personne ne reviendra au village pour l'arrêter. C'est pour nous en assurer, qu'on est allé vérifier.

Nous avons dû reconnaître que le soldat profitait de notre enfermement dans le village. Alors que nous le fixions, il baissa les yeux.

— Si vous vous faites prendre..., demanda craintivement mon frère au soldat qui ne répondit pas.

— Il sera jugé, intervint Lee.

— Il sera fusillé, dit Minami d'une voix sarcastique. Il sera fusillé sur-le-champ.

Le soldat lança un regard noir vers Minami qui paraissait terriblement irrité. J'aurais bien aimé que le soldat ait le courage de lui donner un coup de poing. Mais il se contentait de dévisager Minami, en exprimant sa surprise comme un enfant.

— Bof, fit Minami en haussant les épaules.

— Il sait comment s'y prendre pour s'enfuir, dit Lee. Il ne se laissera jamais attraper.

— Jamais, dit mon frère. N'est-ce pas ? Vous ne serez jamais pris.

Le soldat regarda mon frère. Je sentais qu'il s'en trouvait consolé, mais chaque fois qu'un adulte acceptait une consolation, ça me mettait hors de moi. Je partageais donc l'agacement de Minami.

— Au moment de votre évasion, est-ce que vous avez tué quelqu'un ? demanda un autre camarade.

— Il n'a pas tué, il n'a pas tiré, répondit Lee à sa place. N'est-ce pas ?

— Oui, répondit enfin le soldat pour la première fois.

— Simplement, il n'est pas rentré de perm.

— Vous ne vouliez donc pas rentrer ? demanda un autre camarade en rougissant de la niaiserie de sa propre question.

Le soldat se taisait.

— Moi, je voulais entrer à l'école de cadets.

Il s'ensuivit un court silence. Nous étions tous traversés par la même pensée, à l'idée de cet uniforme.

— Je ne voulais pas faire la guerre, moi, dit soudain le soldat, d'un air grave. Je ne voulais tuer personne.

Cette fois-ci il s'installa un silence encore plus long, avec un sentiment général de malaise. Nous avons dû réprimer un fin sourire insaisissable, comme si on nous avait chatouillés à la taille, aux fesses.

— Moi, je veux faire la guerre et je veux tuer, déclara Minami.

— À votre âge, on ne comprend rien à ces choses. Et soudain tout devient clair.

Nous avons gardé un silence perplexe. On ne pouvait pas dire que c'était un sujet très drôle. C'est alors que le chien qui dormait entre les genoux de mon frère se leva lentement et alla flairer les genoux minces du soldat. L'homme lui caressa avec hésitation la tête.

— Il est mignon, vous ne trouvez pas? demanda mon frère, complètement ravi. Il s'appelle Nounours.

— Léo lui irait mieux, dit le soldat.

— Léo, répéta mon frère après une courte pause, tout en évitant mon regard réprobateur. Alors ce sera Léo, c'est mon chien.

Je voulais m'assurer que la petite qui nous regardait, adossée à un mûrier, dans un coin de la place, avait écouté cette conversation sur le nom du chien, mais je n'en étais pas certain. Pour ma part, je trouvais déplaisant que mon frère ait abandonné aussi facilement ce nom dont la petite se souvenait.

— Léo, répéta rêveusement mon frère.

— Vous étiez étudiant, non? demanda Minami.

— Oui, répondit le soldat. À la fac des lettres.

— Je l'aurais parié, dit Minami, sans cacher son mépris. Près de chez moi, il y avait un étudiant qui a appelé comme ça son chat.

Manifestement, le soldat était choqué, mais il était déterminé à ignorer Minami qui le provoquait. Je m'éloignai d'eux pour rejoindre au pied du mûrier la petite qui était assise.

— Il s'est enfui parce qu'il avait peur de la guerre, lui ai-je expliqué.

Elle ne disait rien.

— Je déteste les lâches, dis-je. Quand on s'approche, ils puent. Toi aussi, tu les détestes, non?

Elle tourna vers moi un regard perplexe et esquissa un sourire timide. Excédé, j'ai regagné en sifflotant l'entrepôt de céréales.

Cette nuit-là, la lune était lumineuse. Comme mon frère était monté, suivi de son chien, vers le hameau coréen pour dîner avec Lee et le soldat, je dus manger la bouillie avec la petite. Nous chauffant les mains au feu, nous sommes restés longtemps silencieux à digérer tranquillement. De temps en temps, on entendait chanter bruyamment les oiseaux de la forêt. J'étais assez mécontent de l'engouement de mon frère pour le fugitif. Je bâillai en sentant des larmes couler, ce qui fut contagieux. La petite eut un petit bâillement en étirant au-dessus de ses genoux ses poings fermés. Elle paraissait complètement endormie.

— Tu as sommeil, non? demandai-je.

— Oui, répondit-elle faiblement.

— Pas moi.

Sur sa nuque fine, ses cheveux violacés s'entremêlaient. De tout son corps, émanait une odeur de foin fermenté. Au bout d'un moment, je me suis dit que ma peau devait être aussi sale que la sienne. Nous sommes encore restés longuement silencieux. J'ai commencé à m'inquiéter de l'absence de mon frère.

— Dis-moi, demanda-t-elle en tournant vers moi son petit visage noirâtre.

— Quoi? fis-je avec surprise.

— J'ai peur, moi.

— Ça, la peur, on n'y peut rien.

— J'ai peur, répéta-t-elle, la bouche tremblante, comme sur le point de pleurer.

— Tu as peur à cause du village, ou parce qu'il n'y a rien que des enfants?

— J'ai peur.

— Tout le monde a peur, dis-je, avec une moue. Que veux-tu faire contre la peur? Il faut savoir qu'on est enfermés.

— Va chercher les gens du village, me supplia-t-elle.

Je gardais un silence embarrassé.

— Hein, tu veux bien aller les chercher? répéta-t-elle.

— Ça, je ne peux pas, répondis-je sèchement. On est enfermés.

— J'ai peur, dit-elle en collant son front sur ses genoux, secouée de sanglots.

Je l'ai ignorée, me taisant obstinément, mais ses pleurs étouffés et incessants ne faisaient que redoubler mon agacement et mon désespoir.

— Même si j'allais les chercher, ils ne vien-

draient pas. D'ailleurs, s'ils revenaient, ils arrête-
raient le soldat et le tueraient.

La petite s'obstinait à pleurnicher. Je sentais que
se développait au fond de mon corps un état
proche de la folie. Je me mordis les lèvres et sortis
de mon sac de survie le plan donné par le médecin.
Y étaient décrits succinctement les rails des
wagonnets qui traversaient la vallée et le trajet
jusque chez lui.

— Je leur dirai de venir te chercher, toi seulement, dis-je brutalement à la petite qui avait relevé
son visage souillé de larmes. C'est ce que je dirai à
ceux qui sont de l'autre côté de la vallée. Cesse de
pleurnicher.

Je suis sorti sur le chemin dallé éclairé par la
lune. Une brume froide et pénétrante flottait. La
petite me suivit, mais je ne me suis pas retourné. Je
n'étais même pas sûr de pouvoir atteindre l'autre
rive en traversant la vallée. Mais quoi qu'il arrive,
je voulais livrer aux habitants de l'autre versant la
fille dont le petit visage était souillé d'un flot de
larmes et dont tout le corps puait. Je n'en pouvais
plus.

À la sortie de la forêt, les rails des wagonnets
brillaient dans la clarté de la lune, humectés par la
brume. Et je vis se dresser une barricade noire formant une grosse masse. De l'autre côté, le feu était
éteint dans la cabane du gardien chargé de nous
surveiller. Je me suis retourné et je me suis adressé

à la petite dont les lèvres avaient changé de couleur à cause du froid.

— Tu vas m'attendre ici, je vais négocier avec eux à ton sujet.

À peine avais-je précautionneusement posé un pied sur une traverse pour ne pas glisser, qu'un froid et une brume insidieux soufflèrent par en bas, frappant mes joues et piquant mes narines. Bien loin au-dessous de moi, l'eau du torrent miroitait au clair de lune et le fracas avec lequel elle se heurtait aux rochers créait une sorte de tourbillon. J'avançais lentement sur les traverses, à demi courbé, comme un animal. L'exaltation dont j'étais la proie retomba aussitôt. Je trouvai ma propre initiative absurde. Mais je n'avais plus la volonté de revenir sur mes pas. Je concentrai toute mon attention sur l'emplacement de mes pieds, exactement au centre de chaque traverse, alors que je devais presque fermer mes paupières pour protéger mes yeux d'un vent agressif et piquant.

Le trajet était interminable et le vent insupportable. Lorsque je fus parvenu devant les barricades constituées de fûts, de faisceaux de bois, de planches et de débris de rochers, j'étais épuisé, je tombais de sommeil et j'avais la gorge desséchée. Je constatai que les barricades étaient trop lourdes et compliquées pour que je les écarte à la force de mes poignets, mais qu'elles s'écrouleraient sous mon poids si je tentais de les chevaucher. Je jetai un coup d'œil sous les traverses. Il n'y avait pas d'autre moyen. Je me relevai et je glissai entre mes cuisses mes mains gelées, au-dessous de la ceinture de cuir de mon pantalon, pour les réchauffer. À mesure que mes doigts recouvraient leur sensibilité, ils reconnaissaient l'emplacement de mon sexe qui s'était rétréci et ratatiné de froid et de peur.

Je posai mes coudes sur les traverses, j'arrondis le dos et je faufilai mes jambes à travers l'étroit interstice. L'instant suivant, je n'avais plus que les mains accrochées à une traverse et mon corps tout entier était exposé à l'espace gelé de la vallée. J'étais saisi par l'impétuosité du vent, par le froid glacial de l'air et par la violence de ma solitude. Il me fallait lutter. Je me contorsionnai désespérément comme une langouste dans l'eau frémissante et je passai d'une traverse à l'autre.

Presque à bout de forces, je me raccrochai à une dernière traverse, puis, avec un râle proche du hurlement, je fis un rétablissement, je pris appui avec mes coudes sur la traverse entièrement recouverte de givre cristallisé et je me hissai par-dessus. Je me laissai retomber de tout mon long sur des traverses, en haletant violemment. Mais je ne pouvais pas me reposer ici, complètement exposé à la clarté de la lune. Si on me canardait à partir de la cabane du surveillant, ma tête volerait en éclats dès la première balle. Je poussai de lourds soupirs en parcourant la courte distance qui restait de traverse en traverse. Parvenu sur le sol, je remontai en courant une côte qui longeait des buissons obcurs qui faisaient de l'ombre. Puis, sans même sortir le plan de la poche de ma poitrine, je traversai un bois

138

clairsemé où poussaient des chênes et des châtaigniers. J'aboutis dans un minuscule hameau qui baignait discrètement en silence dans la lueur lunaire. Comme toutes les agglomérations agricoles jusqu'ici, il m'apparut brusquement.

Inclinant le buste, je m'engageai dans une route en pente, parsemée de cailloux proéminents et arrondis. L'agglomération était construite presque sur le même modèle que le village où nous étions prisonniers : même architecture, mêmes arbres, mêmes venelles compliquées. Mais il y avait une ambiance subtilement différente et c'est ce qui m'effraya. C'est que des êtres humains vivaient ici. Les « autres » anonymes vivaient ici. Le village était plongé dans un silence absolu, mais je percevais les mouvements du bétail dans les intérieurs glacés de ces maisons. Au clair de lune, je produisais une ombre légère en marchant entre ces maisons si basses d'auvent. C'est là que les autres dormaient, eux qui nous avaient emprisonnés et mis sous surveillance. La peur et l'exaltation meurtrière causaient des ondes de frémissement sur ma peau que le froid tirait. Je me mordis les lèvres et afin de dissiper mon envie de m'enfuir à toutes jambes, je concentrai tous mes efforts dans la recherche de la maison du médecin.

Je frappai à la porte de style occidental de la maison du médecin, avec des vitres dépolies. Je reculai d'un pas et, le corps exposé au clair de lune, j'observai cette porte décorée de ce type de vitre, plutôt rare dans un village. Derrière, la lumière s'alluma et une silhouette apparut dans le vestibule, en pestant d'une voix rauque. Dans l'entrebâillement, j'aperçus la tête — petite comme celle d'un animal — du médecin que j'avais déjà vu dans le hangar. Nous échangeâmes un regard tendu. Je pensais avec désarroi qu'il fallait dire quelque chose, mais j'avais la poitrine oppressée et j'étais au bord des larmes.

— Dis donc, dit le médecin d'une voix qui ne fit que me crisper, alors que je commençais à me détendre. Qu'est-ce que tu es venu faire ?

J'écarquillai les yeux sans un mot. Ses joues rondes et grasses et son petit nez exprimaient une sorte de peur qui durcirent encore mes sentiments.

— Alors qu'est-ce que tu es venu faire ? Si tu es agressif, j'appellerai de l'aide.

— Je ne suis pas agressif, protestai-je, avec ardeur et fermeté, en réprimant un mouvement de colère. Ce n'est pas pour ça que je suis venu.

— Eh bien qu'est-ce que tu es venu faire ? répéta-t-il.

— La petite est restée dans le hangar. Elle a envie de quitter le village. J'aimerais que vous veniez la chercher.

Le médecin m'observa avec acuité. Je vis ses gencives découvertes et humectées de salive briller, comme un signe sournois qui gagnait tout son visage. Je m'empressai de répéter ce que j'avais dit.

— N'est-ce pas ? Vous voulez bien ?

— Combien d'entre vous ont-ils été touchés

par l'épidémie? Il en reste combien en vie? demanda-t-il.

— Quoi? fis-je, stupéfait. On n'est pas malades. La petite se porte bien. Il n'y a pas d'épidémie.

Le médecin me scruta encore plus attentivement.

— Si vous ne me croyez pas, vous n'avez qu'à m'ausculter. Je vais me déshabiller et vous m'examinerez.

— Ne parle pas aussi fort, dit le médecin. Qui a dit que je voulais t'ausculter?

J'avais commencé à déboutonner ma veste pour découvrir mon buste à la clarté de la lune, mais mon doigt abandonna la boutonnière. Le médecin ne voulait pas céder.

— Vous êtes un médecin. C'est votre métier, de savoir si quelqu'un est malade, non?

— Pas d'insolence! répliqua-t-il sans pouvoir contenir sa colère. Va-t'en et ne t'avise pas de revenir!

— Je pensais que vous pourriez dire à tout le monde que nous ne sommes pas contaminés, protestai-je, échauffé par le dépit. Vous êtes un médecin. Et pourtant vous me chassez.

— Va-t'en, dit le médecin. Si jamais les gens du village l'apprennent, ce sera terrible pour toi. Ça va me faire des ennuis. Va-t'en.

Je bombai le torse en signe de défi. Le médecin s'avança dans l'entrebâillement et je vis que sa veste d'intérieur était aussi râpée qu'un cuir usé.

— Va-t'en et ne reviens plus, répéta-t-il d'une

voix irritée, en saisissant mon bras qu'il tordit par surprise.

Je gémis de douleur, en essayant de me libérer de sa poigne vigoureuse, mais il était robuste et inébranlable.

— Si jamais on te voit rôder dans le coin, tu ne resteras pas longtemps en vie, dit le médecin. Je te reconduirai de force s'il le faut.

Sa main me prit au collet. Je n'avais même pas la force de me débattre et je dus me laisser entraîner. Je bouillais de colère. Il m'était impossible de me libérer de cette position humiliante. Il me poussait si violemment et si brutalement que j'en étais tout secoué.

— Vous n'êtes qu'un lâche, dis-je avec un filet de voix stridente qui échappait à grand-peine à ma gorge qu'il étranglait. Vous êtes médecin et vous ne cherchez même pas à nous sauver.

Il mit plus de force encore dans sa poigne et je gémis de douleur. Il continuait à me traîner. Il me lâcha dans une dernière poussée et je me retrouvai sur les rails des wagonnets. Étendu sur le sol glacé, je levai les yeux vers le corps vigoureux du médecin qui se découpait sur le fond de la forêt obscure. C'était l'image d'une extraordinaire autorité.

— Vous voulez nous laisser mourir alors, dis-je.

J'éprouvai un sentiment violent d'humiliation, parce que ma propre voix était faible et craintive, mais cela aurait été encore plus humiliant de rester par terre en silence.

— Vous êtes dégueulasse.

Il pencha son buste vers moi et je sentis dans mon dos un terrible choc, comme si j'avais reçu une énorme pierre. Je tressaillis en poussant un gémissement, et je roulai sur moi-même pour éviter le pied du médecin qui prenait du recul pour le coup suivant. Il voulait me rouer de coups. Je poussai un cri de terreur et je rampai vers les rails que je commençai à suivre.

J'étais épuisé. Mais lorsque je le vis se baisser pour ramasser un caillou qu'il me destinait, je ne pus pas rester immobile. J'avançai en rampant et en agrippant désespérément les traverses. Parvenu aux barricades, je me suis glissé sous les traverses, les jambes tremblant de colère, dans une position tout à fait humiliante.

Lorsque, au terme d'un effort surhumain, j'ai eu utilisé presque toute la force qui me restait pour le dernier rétablissement, afin de me hisser sur les rails, je ne pouvais rien faire d'autre que de haleter violemment comme un gibier aux abois. J'étais fou de rage et de désespoir. Mes doigts blessés étaient en sang. J'ai cru entendre le bruit des pas qui s'éloignaient derrière moi. Mais, plutôt que de me retourner, je regardai l'autre extrémité des longs rails illuminés par la lune. À l'ombre de la poulie, le petit visage de la fille m'observait.

Je me relevai et me remis à marcher sur les traverses, en me forçant à imprimer de la force dans mes genoux vacillants. Quand je foulai le sol de l'autre côté, où nous étions maintenant à jamais prisonniers, la petite apparut en sautillant : elle me regardait, les yeux tout écarquillés et brillants comme un enfant fébrile. Nous sommes restés longtemps à nous dévisager. La colère déferlait dans mon corps. J'expirais violemment, en m'avançant et en ignorant le regard insistant de la petite. Elle me suivait à pas pressés, mais, sans relâcher mon rythme, je continuai à marcher rapidement.

Les salauds, les ordures! grommelai-je entre mes dents, tout en marchant. J'avais une douleur lancinante à la nuque, là où il m'avait empoigné. Quelle lâcheté, quelle force animale en lui et quelle impuissance en moi! Je ne pouvais rien faire contre ces salauds. Pour éviter que dans ma colère une frustration et une tristesse incontrôlables ne se glissent, je hâtai le pas davantage encore. Maintenant la petite trottinait en s'essoufflant. Entre ses halètements, elle répétait quelque chose dans un murmure auquel je ne prêtais pas l'oreille.

Nous avons alors traversé la forêt, nous sommes descendus sur le chemin dallé éclairé par la lune, nous nous sommes glissés entre les maisons où mes camarades dormaient, et nous sommes enfin arrivés devant le hangar où elle logeait. Elle s'arrêta et je fis de même. Nous nous sommes regardés de nouveau. Ses yeux rougis et gonflés débordaient de larmes, reflétant le miroitement de la lune. Ses lèvres décharnées continuaient à remuer presque sans un son. Soudain le sens des mots qu'elle répétait m'apparut.

«Je pensais que tu ne reviendrais pas», c'est ça

144

qu'elle répétait. « Je pensais que tu ne reviendrais pas. » Elle prononçait ces mots entre des convulsions inintelligibles. Je détournai les yeux de ses lèvres et je regardai mes doigts douloureux. Le sang dégouttait sur le dallage. Soudain la main de la petite se tendit vers mes doigts et, tandis qu'elle s'agenouillait, ses lèvres se posèrent sur mes doigts et sa langue durcie lécha ma plaie par petites touches régulières, l'humectant de salive visqueuse. Sous mon front baissé, sa nuque, qui frémissait par secousses, devenait aussi ronde et souple que le dos d'un pigeon.

J'avais le cœur gonflé d'une émotion soudaine qui me bouleversa. Je saisis violemment la petite par les épaules et la soulevai. Je ne voyais plus l'expression de son petit visage au-dessous de moi. Comme un coq acculé après avoir désespérément fui, je serrai fermement entre mes bras la petite et je courus, en la transportant, vers le hangar obscur.

Nous sommes montés sans enlever nos chaussures sur le plancher complètement plongé dans le noir. Je me suis pressé de baisser mon pantalon et de relever sa jupe en silence. Je me suis jeté sur son corps. Mon propre sexe, en érection comme la tige d'une asperge, était coincé dans ma culotte, presque écrasé, et un gémissement m'échappa. Puis il effleura la surface froide et aussi sèche qu'un papier du sexe de la petite désemparée, mais en frémissant il se retira. Je laissai échapper de profonds soupirs.

Ce n'était rien que ça. Je me relevai. Je remis

mon pantalon à tâtons et je sortis, en abandonnant
la petite qui, toujours étendue, respirait très fort.
Dehors, le froid s'était précipitamment accru et la
clarté de la lune enveloppait arbres et dallage de sa
dureté minérale. Ma bouche était pleine de murmures meurtriers également inspirés par la colère,
mais, au fond de tout cela, j'éprouvais un sentiment de fraîcheur et de plénitude qui s'imposait
lentement à moi. Je remontai la côte en courant et
pour réprimer mes larmes débordantes, je crispai
les muscles de mon visage.

VII. La chasse et la
fête dans la neige

Je me suis réveillé à l'aube à cause du froid mordant, toutefois mes paupières sont restées obstinément closes. J'étais si profondément exalté et je brûlais intérieurement d'une telle émotion, que j'étais totalement coupé de l'extérieur. Quelle était donc la cause d'une tension aussi exceptionnelle ? me suis-je demandé. Mais le sommeil qui paralysait encore chaque parcelle de ma tête et de mon corps m'empêchait de réfléchir. J'ai fini par entrouvrir les yeux et j'ai contemplé mes propres doigts dans l'atmosphère qui, bien que glaciale, avait une clarté plus forte et plus aiguë que d'ordinaire à l'aube. La plaie, d'une teinte rosée, était doucement ouverte. C'est là que la pointe de la langue frémissante et vive de la petite, telle une colombe, avait plusieurs fois effleuré ma peau, l'humectant d'une salive visqueuse. Comme une eau brûlante, l'amour imprégnait tout le corps avec énergie jusqu'à l'extrémité de mes dix doigts. Je tremblai de satisfaction et j'arrondis mon dos pour sombrer dans la douceur du sommeil. Mais l'exaltation qui m'avait saisi ne voulait pas me lâcher. Le chant des oiseaux innombrables, que jusque-là je n'avais pas remarqué, s'insinuait à l'intérieur. Il m'a semblé que régnait un silence gigantesque, écrasant. Je me redressai et, déplaçant de quelques centimètres la paille qui servait de coupe-vent, j'observai l'extérieur.

C'était une aube pure, entièrement nouvelle Comme il avait neigé, la neige recouvrait entière ment le sol et donnait aux arbres une rondeur qui évoquait des épaules animales, rayonnant d'une infinie clarté. De la neige! m'exclamai-je avec un soupir brûlant. De la neige! Depuis ma naissance, je n'avais jamais vu de neige aussi généreuse et luxueuse. Les oiseaux chantaient à tue-tête. Tous les autres bruits étaient absorbés par cette épaisse couche. Le chant des oiseaux et le silence gigantesque. J'étais seul dans le vaste monde : l'amour venait de naître. Je poussai un gémissement accompagné de plaisir et j'ébrouai mon corps. Puis, comme un géant surpuissant, j'ai pris appui sur un genou, et, me mordant les lèvres de froid et les yeux humides, j'ai contemplé la neige audehors. Je ne pouvais plus garder le silence.

Je me suis retourné et j'ai appelé, d'une voix impatiente, mon frère encore profondément endormi.

— Hé, réveille-toi, réveille-toi.

Il se tourna sur les épaules, il geignit faiblement du fond de la gorge et ouvrit lentement les yeux. Ses pupilles avaient un éclat ocre, comme des glands de chêne, et son regard s'embua lentement, silencieusement. Je me suis dit qu'il était en train de faire un cauchemar. Il avait dû retrouver une certaine quiétude, avec une vitesse extraordinaire, parce que je le regardais à son réveil.

— Réveille-toi, répétai-je.

— Ah, fit-il.

Et il se redressa, présentant ses genoux dont on apercevait la peau un peu sale à travers les déchirures de son pantalon.

— Regarde, criai-je, en écartant énergiquement le coupe-vent. Regarde cette neige.

Tout l'extérieur fit irruption avec une sensation extraordinaire de volume et d'ampleur. Au milieu des cris de mon frère, j'ouvris la porte vitrée et je pointai la tête. Les flocons de neige, épais et brûlants, frappaient ma peau. En pivotant, je regardai le ciel : une neige gris ocre tombait calmement, mais avec une accélération continue.

— Ah! fit encore mon frère d'une voix surexcitée, en se blottissant, tout tremblant, contre ma hanche. C'est fou ce qu'il a neigé pendant que je dormais.

— Voilà ce que ça a donné pendant que tu dormais, dis-je, en lui tapant sur l'épaule. Moi aussi, j'ai beaucoup dormi.

— Un siècle? demanda mon frère avec des hoquets de rire. Moi je vais faire pipi pour un siècle!

— Moi aussi, hurlai-je en secouant les mains.

La neige avait déjà formé des congères juste

devant la porte. Avec nos deux petits sexes ratatinés par le froid, nous avons fait pipi ensemble, en direction du tas de neige pure. Deux taches couleur miel se formèrent sur la neige qui fondit peu à peu en s'enfonçant. Je regardai mon propre sexe et me rappelai le contact de la surface froide et sèche de celui de la petite plongée dans un tel désarroi. La sensation d'une joie saine provoquait une sorte de chatouillement sous ma peau. Mon petit sexe commençait à bander, m'emplissant d'une énergie juvénile.

Une masse agile sortit précipitamment de la neige, dans des nuées de poudroiement, s'approchant de nous. À peine mon frère eut-il crié de sa voix haut perchée « Léo ! », l'animal sauta sur lui en le plaquant au sol.

Léo tressaillait constamment, faisant ondoyer son poil dru auquel de la neige était collée, et léchait la nuque et les joues de mon frère, en mordillant ses épaules et ses bras. Mon frère riait aux éclats et, en poussant des hurlements, luttait contre la bête qu'il finit par clouer à terre. Le chien jappait faiblement, plaintivement, tandis que mon frère levait vers moi un regard humide et souriant. Nous nous sommes longuement regardés dans les yeux, sans cesser de sourire, pendant qu'il reprenait péniblement son souffle.

Mon frère se faufila à l'intérieur, entre la paille et la couverture, en étreignant le chien, et après avoir entouré son petit cou d'un chiffon, j'ai allumé le feu sous les bûches empilées sur la terre battue pour y faire griller des poissons séchés. Il nous restait encore de la nourriture en abondance. Il nous suffisait d'enlever la neige pour ramasser des choux frais en quantité, qui sommeillaient discrètement. J'ai posé sur les bûches croisées la marmite de bouillie coagulée par le froid et j'y ai fait tomber une poignée de neige que j'avais prise à l'extérieur. Au bout d'un moment, la masse de neige, qui avait conservé la trace de mes doigts, se fondit et coula dans la vapeur qui montait vivement. En me retournant pour prendre de nouvelles bûches, je constatai que mon frère, que je croyais endormi, observait mon dos en silence.

— Tiens, dis-je assez interloqué, tu es réveillé? Et ton chien aussi?

— Il est sorti discrètement, répondit-il en souriant. Tu n'as rien remarqué, non?

— En effet.

— Je l'ai dressé.

— Lève-toi et viens manger.

— Je vais me laver le visage avec de la neige, dit-il en se baissant pour renouer le cordon de son pantalon.

— Tu feras ça plus tard.

Il sortit de son sac son couvert et déclara d'une voix puérile et étouffée :

— Et si on restait ici longtemps... Et si on continuait à vivre comme ça...

— Toi et moi, dis-je, on va grandir en devenant idiots, sans rien connaître.

Mais moi-même, tout comme mon frère, je

commençais à désirer ardemment passer toute une vie dans cet entrepôt entouré de neige. De plus, pour nous, toute autre issue était fermée. Que pouvait-on espérer? Alors que l'humiliation de la nuit dernière était sur le point de resurgir, je la repoussai de toutes mes forces.

Après le petit déjeuner, quand nous sommes sortis dans une odeur de poissons séchés et grillés, la neige et le vent s'étaient calmés, remplacés par un ciel bleu à nous tirer des larmes. Le sol, les arbres, la neige qui recouvrait les maisons miroitaient. Le chant des oiseaux nous envahissait, comme un vent nouveau, une neige nouvelle. Nous marchions, épaule contre épaule, dans la neige où nos talons s'enfonçaient profondément.

Sur la place de l'école, nos camarades étaient attroupés. Je repérai la petite qui, légèrement à l'écart, était adossée contre le tronc humide et noir d'un vieux châtaignier qui était comme coiffé d'un chapeau rond de neige. Mon frère et moi, nous avons dévalé la pente en lançant des cris et en donnant des coups de pied dans la neige. Nos camarades nous ont accueillis en répondant bruyamment. Une fois que nous les eûmes rejoints, je fus retenu par une soudaine bouffée de regarder du côté du vieux châtaignier.

— Il n'y a que vous et le soldat pour avoir dormi aussi tard, dit Minami, les yeux brillants. Nous, le jour n'était pas levé qu'on était déjà au travail.

— Au travail? criai-je comme pour suspendre la pulsion qui m'attirait vers le châtaignier.

— On veut patiner. On dessine une patinoire.

Ce mot de patinoire, si nostalgique qu'il paraissait nous brûler à tous le cœur, déchaîna des rires surexcités. Ils avaient consolidé la neige le long de la pente et la partie centrale était verglacée comme du celluloïd dur. Certains glissaient sur la surface dans des positions incertaines, tandis que d'autres tapaient sur la neige avec des bouts de bois entourés de tissus afin d'étendre cette piste étroite. Ils avaient tous les joues rougies et une épaisse vapeur blanche sortait de leurs bouches. Après avoir pris un court élan, je me lançai sur la pente de neige verglacée qui brillait au soleil, pour m'écrouler aussitôt. Juste à côté de moi, mon frère faisait gigoter ses jambes, comme un ourson maladroit. Au milieu des huées de mes camarades aux visages riants, je me redressai en époussetant mon dos et mes fesses et, en me mordant les lèvres, me dirigeai vers le vieux châtaignier.

La petite, me voyant approcher, souriait en rougissant. Sous sa peau fine qui avait le poli d'un œuf pâle, des globules affluaient et refluaient au rythme de la lutte entre le rire et le froid.

— Tu as dû être surprise de voir toute cette neige, dis-je en faisant passer nerveusement ma langue sur mes lèvres.

— Je suis habituée à en voir autant, dit-elle avec le plus grand sérieux, en haussant les épaules.

— Ah bon? fis-je, perplexe.

153

Et nous avons ri de bon cœur. J'avais complètement retrouvé mon calme et j'étais satisfait de vérifier que j'étais plongé dans mon premier amour. Je m'adossai à ses côtés contre le tronc. En me retournant, je vis que mes camarades nous contemplaient avec étonnement. Je leur ai souri d'un air magnanime. Je sentis avec joie que la petite frottait son poignet droit contre ma main gauche, et j'en éprouvais une sorte de chaleur dans le dos.

Minami siffla pour nous railler. Je lui répondis par le sourire le plus amical, et ce sourire fut contagieux pour tous, y compris lui-même. Comprenant sans aucune hésitation qu'il y avait un lien d'intimité entre elle et moi, ils se désintéressèrent de nous et reprirent leur travail. Ils riaient, criaient, tombaient. Quant à mon frère, il fut exclu de ces jeux, sous prétexte que les griffes de Léo qui ne le quittait plus abîmaient la piste qu'ils avaient tracée avec tant de peine, mais ça ne l'empêchait pas de regarder d'un air joyeux les glissades sur la neige, accroupi près de nous, en flattant le dos du chien.

— Tu as mal aux doigts? me demanda la petite en se haussant vers mon oreille.

— Pas du tout, répondis-je avec détermination.

— Tu es courageux, toi, hein, dit-elle. Pour ton âge, tu as plutôt du courage.

— Pour mon âge? fis-je, réprimant difficilement un rire qui, je le craignais, risquait de la mettre de mauvaise humeur. Qui t'a dit mon âge?

— On fait de grandes divisions, expliqua-t-elle

154

simplement. Les enfants, les adultes et puis les bébés. On les divise comme ça.

J'ai manifesté un certain mépris pour elle, j'ai ri en forçant la voix et je me suis accroupi pour caresser la nuque du chien. Mon frère avait toujours la main sur sa croupe, mais il avait l'esprit absorbé par les glissades de nos camarades.

— Tu comprends? demanda un peu timidement mon amoureuse.

Elle sortit de sa veste un petit paquet de papier contenant précieusement un aliment qui paraissait être de la farine grillée comme de la pierre et qu'elle brisa en deux. Elle me tendit silencieusement la moitié légèrement plus grande, mais elle dut encore imprimer de la force dans ses doigts pour couper en deux le reste. Pour diviser ma part en deux, afin d'en donner une partie à mon frère, je remis ma main droite sur mon genou.

À ce moment-là, le chien bondit et mordit le poignet de la petite qui tendait alors la main au-dessus de l'animal. Elle poussa un cri et Léo ramassa son butin tombé sur la neige avant de remonter la côte en courant. Elle porta aux lèvres son poignet blessé. Je pensai à sa langue agile qui laperait sa plaie ramollie et retrouvai la sensation que j'avais éprouvée quand elle avait léché mon doigt blessé, ce qui raviva ma passion enflammée. Le sang battait dans ma tête.

— Tu dois avoir mal, non? demandai-je en lui posant une main sur l'épaule. Montre-moi.

Mais elle ne répondait pas, gardant son poignet

sur sa bouche. Ses joues perdaient déjà leurs couleurs et dans sa terreur elle commençait à avoir des taches rouge foncé, qui n'étaient pas belles à voir. Mes camarades se précipitèrent pour nous entourer. Je fus gagné par une terrible colère. Mon frère, qui avait blêmi et hésité, partit sur la côte à la recherche de Léo.

— Dis, tu dois avoir mal? répétai-je. Eh bien, qu'as-tu?

— J'ai froid. J'ai envie de rentrer, dit-elle d'une voix enfantine. J'ai envie de rentrer chez moi.

Je laissai mes camarades derrière moi et je l'accompagnai en silence, entourant ses épaules de mon bras. Devant le hangar, la petite se dégagea de mon étreinte et se précipita dans l'entrée sombre. Je revins aussitôt sur mes pas. J'étais furieux et désespéré. Je n'avais plus envie de rien faire. Je me joignis aux glissades sur la neige, en poussant des cris.

Les jeux étaient très drôles. C'était si drôle que, vers midi, ruisselant sous mon tricot, je sentais disparaître le souvenir de la petite, ma colère, mon désespoir.

Dès que j'ai eu vraiment faim, j'ai remonté la côte pour aller manger. Dans le vestibule sombre, privé de soleil, mon frère était assis, abattu, avec le chien collé à ses genoux. J'en fus ému.

— J'ai grondé le chien, dit mon frère en gardant la tête baissée. Je l'ai beaucoup grondé.

Il souffre, me suis-je dit.

— Ce n'est rien, ai-je déclaré avec clémence. Elle fait des histoires pour rien.

Une fois la chose dite, cela ne me paraissait pas très grave en effet. Qui pourrait blâmer un chien et son jeune maître d'un crime si grave que, par un après-midi de neige, ils doivent rester assis dans un vestibule sombre, la tête baissée?

Tout en restant debout dans le vestibule, nous avons mangé les restes du petit déjeuner et nous en avons donné à Léo. Pendant que nous mangions, nous mourions d'envie de ressortir pour reprendre nos jeux dans la neige.

Mais personne ne passa son après-midi à glisser sur la neige. Lee, revenant de la forêt, apportait dans ses bras musclés deux pigeons, une pie-grièche, deux petits oiseaux au plumage ocre noir avec des vaguelettes marron qui se dessinaient sur son joli dos et un petit piège. Ces oiselets, dont les yeux étaient définitivement fermés, étaient brillants et délicats dans les bras robustes de Lee.

On s'est passionnés presque à la folie pour fabriquer des pièges à l'instar de Lee. Tard dans l'après-midi, on a investi la forêt en groupe comme une armée d'occupation. Dans les taillis, Lee nous lança l'ordre de nous disperser et nous avons chacun suivi une direction, subissant à en perdre la tête le charme des oiseaux.

Mon frère et moi transportions un gros panier en osier et toute une foule de petits pièges que nous avions fabriqués en nouant patiemment des fibres de palmiers à chanvre : c'était un faisceau de pièges sournois minuscules que nous placions sur l'herbe légèrement enneigée, entourés de graines dispersées, en espérant que les oiseaux y laisseraient prendre leurs frêles et dures pattes. Nous commencions par poser le piège de chanvre dans une cavité de faible profondeur où apparaissaient des pointes d'herbe givrée émergeant de la neige, puis nous reculions en effaçant les traces de nos pas. Les pièges de chanvre étendaient un réseau par-dessus des cristaux sommaires de neige qui commençaient à se solidifier et, à cette vue, je me représentais un petit oiseau aux pattes anguleuses prisonnières se débattant en poussant des cris stridents, ses plumes volant en désordre et j'imaginais l'odeur qui s'en dégageait avec un faible relent de sang, j'en avais la gorge brûlante. Je donnais un coup sur l'épaule de mon frère de toutes mes forces : il rit, en découvrant ses gencives roses sous ses lèvres sèches.

Nous avons dû choisir soigneusement l'endroit où poser le panier d'osier. Avant tout, il nous fallait être quelque part d'où nous entendrions le froissement de plumes des oiseaux prisonniers des pièges de chanvre. Il suffisait, d'après Lee, de laisser les oiseaux pris au piège très peu de temps, pour que les autres oiseaux deviennent méfiants et pour que les petits animaux affamés prennent nos proies. Lee nous affirmait avec force que si cela se produisait, les conséquences seraient gênantes pour nos futures chasses.

Vraiment, nos futures chasses ? Mon frère et moi

avons travaillé avec acharnement : au pied d'un chêne où une épaisse couche de feuilles mortes sous la neige réagissait doucement à nos plantes de pieds, nous avons retenu légèrement le panier au bout d'une brindille sèche, à laquelle nous avons attaché une ficelle. Puis nous nous sommes cachés dans un buisson d'aubépines. Nous guettions les pigeons qui viendraient picorer des graines sous le panier et dès qu'ils passeraient leur cou gris-bleu par-dessous, on tirerait sur la ficelle de toutes nos forces. Le pigeon se débattrait entre nos mains que nous aurions enfoncées dans la neige, il finirait par s'étrangler lui-même et vomir un peu de sang.

Nous avons guetté le piège, accroupis dans un taillis de ces arbustes à feuilles caduques, recouverts de poils courts et d'épines, qui m'arrivaient tout juste au niveau de la poitrine. Les oiseaux chantaient au sommet des arbres : en levant les yeux, j'aperçus au-delà des branches entremêlées le ciel d'hiver, bleu pâle, d'une hauteur vertigineuse. J'avais beau prêter l'oreille, je n'entendais que le souffle de mon frère, le chant des oiseaux, le bruit mat de blocs de neige qui tombaient des arbres, mais pas mes camarades. Il régnait un silence d'une terrible ampleur. Chaque fois que je me sentais sur le point de m'abandonner à une pensée sombre et ombrageuse, je tressaillais et je la dissipais. Je n'avais l'intention de confier à personne l'humiliation de la veille, et à mon frère moins qu'à quiconque. Et pas d'oiseaux en vue.

— J'ai le derrière mouillé, dit mon frère. La neige traverse petit à petit.

Nous avons étalé des feuilles sèches sur la neige en attendant l'arrivée des oiseaux. Je me suis relevé et je suis allé ramasser des feuilles sèches au pied des arbres. En creusant, j'ai trouvé de l'eau pure entre les feuilles, stupéfait de voir des bourgeons très pâles qui pointaient. Il y avait aussi des larves d'insectes enveloppées dans leur chrysalide.

Mon frère s'est de nouveau assis sur le tapis de feuilles mortes, pour observer avec concentration le piège. Je regardais, avec Léo immobile tout contre les genoux de son maître, les petits doigts rouges et tout gonflés d'engelures de mon frère qui empoignait la ficelle comme une arme aiguë.

Les oiseaux se faisaient vraiment désirer. Nous étions tous les trois entraînés dans la roue d'un temps englué, ralenti, qui avait le piège pour pivot et mon frère et moi bâillions, les yeux pleins de larmes, tandis que Léo avait les oreilles qui frémissaient sans cesse. Mon corps sombrait insensiblement dans un mélange d'inquiétude et de sommeil qui devenait mon lot quotidien.

Mon frère poussa un soupir.

— Qu'est-ce que tu as? demandai-je en serrant le poing.

— J'ai cru voir un grand oiseau descendre d'une branche, dit-il, son visage enfantin et ensommeillé éclairé d'un gentil sourire. C'est une petite feuille triangulaire que j'ai juste devant mes yeux.

Je me suis levé et j'ai aussitôt dit à mon frère :

— Je vais retourner jusqu'en bas pour voir un peu.

— Tu parles de cette petite fille qui ressemble à un pigeon? demanda-t-il, avec des rides malicieuses au coin des yeux.

— Ah, oui, je vais m'excuser pour Léo.

Je dévalai la pente en soulevant une nuée de neige sous mes pas. J'ai accroché, avec la hanche, en passant, un églantier sec dont j'ai cassé des branches. Léo, qui me suivait jusque-là, a saisi une branche entre ses crocs et l'a rapportée à mon frère.

L'intérieur du hangar était froid et sentait fortement la terre, les champignons et les écorces. J'ai laissé la porte ouverte un moment et je suis resté immobile pour habituer mes yeux à l'obscurité. Il m'a semblé qu'il fallait pour cela un grand moment, car, au-dehors, les réflexions irrégulières du soleil et de la neige étaient trop éblouissantes. Au bout de quelque temps, se profila le visage de la petite allongée sur le plancher qui avait remonté jusqu'au cou une couette peu épaisse : elle était rouge de fièvre et son duvet, dense entre les joues et les oreilles, était d'un doré brillant. J'ai observé ses yeux comme ceux d'un jeune animal et j'ai lentement refermé la porte.

— Tu as froid, non? demandai-je d'une voix rauque.

— Oui, répondit-elle en fronçant les sourcils.

Quant à moi, je ruisselais sous mon tricot, car j'avais couru. Je ne pouvais plus me souvenir de ce que dans ma course j'avais désiré voir se produire avec elle, une fois que je serais dans le hangar et j'en étais à présent irrité.

— Tu es malade ? demandai-je, moi-même déçu par ma propre question.

Je craignais qu'elle ne me prenne pour un idiot.

— Je ne sais pas, répondit-elle avec détachement, ce qui ne fit qu'augmenter mon malaise.

— Que puis-je faire ?

— Du feu.

Retrouvant mon courage, je me suis exécuté agilement, j'ai jeté des bûches dans le foyer creusé à même le sol de terre battue, j'ai fait du feu en attisant les flammes, incommodé par la fumée. Dans la lumière orange, le visage de la petite était inerte et sans vie : on aurait dit un enfant pas très vif. Les commissures de ses lèvres étaient asséchées et marquées de sillons blanchâtres.

Je me suis assis sur le plancher de l'autre côté du feu pour observer la petite. Le fait que je me sois activé pour faire le feu m'avait mis de bonne humeur, mais il me semblait que si jamais quelqu'un ouvrait la porte pour entrer, je serais tellement désemparé que je prendrais aussitôt la fuite. Il me sembla que j'avais besoin de dire quelque chose d'important à la petite, mais j'avais la gorge si sèche qu'aucun mot ne sortait.

— J'ai envie de faire pipi, dit-elle soudain avec fermeté, mais j'ai du mal à me lever.

162

— Je vais t'aider, dis-je, en sentant que le sang affluait sur mon visage. Je vais te soutenir par les épaules.

Elle rejeta elle-même la couette de son buste, découvrant une chemise de nuit de flanelle rouge que je n'avais pas encore vue. Tout en regardant sa petite poitrine qui tressaillait, je saisis ses épaules incroyablement chaudes pour la soulever. Nous avons avancé en silence jusque de l'autre côté de la cloison de bois et j'ai attendu en retenant mon souffle et en lui tournant le dos.

— Ça y est, dit-elle avec encore plus de fermeté.

Et je l'ai retransportée.

Elle s'est rallongée, en remontant la couette jusqu'à sa poitrine, et, d'un air irrité, elle s'est mise à grimacer, et a fermé les yeux, ce qui a augmenté mon inquiétude. Il m'a semblé, en même temps, que c'était mal de lui parler.

— J'ai froid aux pieds, ça me fait mal, dit-elle en gardant les yeux fermés. J'ai vraiment mal.

Je glissai timidement une main sous la couette et je lui frottai le gras des mollets et les chevilles qu'elle avait dures comme les nœuds d'un jeune arbre.

— Tu peux enlever la couette. Tu n'as qu'à chauffer tes mains près du feu et me frotter, ordonna-t-elle.

Sa chemise de nuit était courte et légèrement sale, mais ses genoux dénudés étaient joliment formés et graciles, sans présenter la moindre cicatrice.

Je la frictionnai avec application. Un sang chaud circula progressivement dans ses mollets et sans doute commençait-il à couler avec un son discret. Pensant à mes propres genoux à la peau épaisse et rêche, couverts d'innombrables cicatrices, j'admirai ses genoux aussi lisses que ses cuisses. Sans un mouvement, elle m'abandonnait ses jambes en silence et n'avait pas l'air de vouloir interrompre l'opération. Entre mes mains, ses mollets se réchauffaient, ce qui me rappelait le corps des oiseaux encore chauds que Lee avait portés dans ses bras. Je sentais déjà, le cœur consumé de gêne, mon sexe durcir.

— Si tu veux, tu pourras voir mon ventre, proposa-t-elle d'une voix rauque, mal placée, puérile.

Je rangeai brutalement ses jambes sous la couette et je me relevai. J'étais dans une confusion totale.

— Je m'en vais, m'écriai-je, agacé contre elle et moi.

Je partis du hangar en courant.

Pourtant, quand je courais dans la forêt où mon frère devait être aux aguets, dans un églantier sans feuilles, j'étais fou d'une joie et d'une fierté irrépressibles. À l'insu de tous, j'avais une adorable et mignonne maîtresse. À bout de souffle, je remontai la côte, en tombant dans la neige à plusieurs reprises et en entendant le bruit des blocs de neige qui tombaient des arbres derrière moi, je courais vers ma chasse virile.

J'enfonçai la tête à travers les branches mouillées, en haletant des bouffées blanches de vapeur et regardai le piège sur la neige. Mais pas une plume n'était accrochée au tissage de chanvre, les graines étaient restées là où nous les avions mises. Je fis claquer ma langue, et traversai le bosquet d'arbustes pour rejoindre le piège de mon frère. C'est alors que j'entendis de puissants battements d'ailes et des jappements de chiens dans le bois de cyprès vers la droite dans les hauteurs lointaines. Décontenancé, je montai en courant.

Dans le bois de cyprès, l'air sombre, humide et tiède me paraissait hostile. Les jappements et les battements d'ailes s'intensifièrent dans une faible lueur au-delà du bois de cyprès. J'avançai dans cette direction, les jambes meurtries par les fougères. Je vis là le chien et mon frère qui se débattaient par terre. Puis un battement d'ailes encore plus sonore et mon frère roulant au sol.

Je courus et vis mon frère qui avait un faisan resplendissant entre ses bras.

— Allez! achève-le, m'écriai-je.

Le chien aboya et les vertèbres de l'oiseau se brisèrent avec un bruit délicat avant qu'il ne s'effondre inerte sur la poitrine de mon frère étendu au sol.

— Eh bien! fis-je, surpris et chaleureux. C'est toi qui l'as eu?

Mon frère se releva d'un bond et, tout en gardant fermement contre sa poitrine le faisan, il avait les lèvres pâles et tremblantes et le regard extraordinairement intense, comme au bord d'une crise nerveuse, quand il se colla contre moi. Je serrai ses épaules entre mes bras et lui tapotai le dos. Il tremblait de tous ses membres et murmurait des sons inarticulés.

— Écoute, tu as réussi, dis-je, dans un élan de joie qui me faisait crier et presque sangloter.

Collant son visage contre ma poitrine, mon frère laissait échapper des soupirs rauques et graves.

Nous sommes restés quelques instants enlacés. Léo ne cessait d'aboyer en courant autour de nous, mais il sursauta soudain. Mon frère se détacha de moi, se débarrassa du faisan et s'agrippa à Léo. Ils roulèrent sur la neige. Moi aussi, je participai à cette lutte. La folie semblait couler dans nos veines.

Soudain mon frère se laissa tomber sans force et je m'assis à mon tour, sans le lâcher. Léo bondit sur le faisan et le rapporta sur les genoux de mon frère. Nous l'avons longtemps regardé en silence. Mon frère caressait par petits coups le plumage rêche et vert, ombré de rouge, de la tête du faisan. Puis le cou pourpre humecté de salive du chien, et enfin le dos qui débordait de riches couleurs. Tout cela était ferme, animé et beau.

Je vis des larmes couler sur les joues de mon frère et d'innombrables égratignures marquer son cou.

— Il ne t'a pas raté. Ça, il ne t'a pas raté, dis-je époussetant la neige sur son corps.

Mon frère leva vers moi des yeux brillants de larmes et gloussa nerveusement. Puis nous nous sommes redressés, nous avons traversé le bois de cyprès en chancelant, avant de descendre à travers le taillis. Pendant tout ce temps, mon frère ne cessait de me faire le récit de sa prise courageuse. Il avait de soudains accès de fou rire, comme si son émotion montait jusqu'à l'explosion. Dans ces instants de crise, il enlassait alors le faisan en enfonçant ses ongles dans sa chair.

Pendant que, tapi dans le buisson, mon frère surveillait le piège, Léo avait pourchassé le faisan caché dans une touffe d'herbes entourée de neige et avait réussi à lui mordre une aile. Mon frère avait aidé Léo à suivre le faisan, mais il avait perdu ses traces devant le bois de cyprès. Mon frère répéta avec insistance qu'il en aurait pleuré de dépit. Lorsqu'il s'était apprêté à regagner leur poste d'observation, Léo s'était mis à bondir énergiquement et avait fait sortir le faisan qui s'était réfugié derrière des fougères, presque incapable de voler. Mon frère était passé à l'attaque et, bien que frappé par les ailes gigantesques et puissantes de l'oiseau, il avait remporté la victoire.

— Regarde, dit mon frère, en secouant la tête. Il m'a vraiment fait mal à l'œil droit. J'y vois toujours mal.

En effet, son œil était injecté de sang, comme un abricot trop mûr. J'ai pris sa tête et l'ai secouée, en imitant son rire.

Sur la place de l'école, nos camarades étaient là, autour de Lee, vantant chacun sa prise, et nous nous sommes précipités en criant. Celle de mon frère fut aussitôt l'objet d'admiration et de jalouse convoitise de la part de tous ces jeunes chasseurs. Au milieu de ces cris enthousiastes, le faisan s'enflait, brillait d'un éclat doré et remplissait tout le village de la vallée. Mon frère, convulsionné par ses éclats de rire surexcités, répéta le récit de son aventure avec passion. Ce n'était parfois plus que des gémissements inintelligibles.

— Tu es incroyable, toi ! s'écria Lee, en lui lançant un regard amical.

Mon frère était rayonnant de joie devant une telle reconnaissance et frappa la neige avec le faisan. Minami revint alors avec un tout petit oiseau-à-lunettes et nous l'avons accueilli par des rires narquois. Il fut vexé, mais dans la lumière du crépuscule où s'enflammaient l'or et l'orangé, le faisan prenait un tendre éclat et à côté son petit oiseau vert mesquin paraissait aussi friable qu'une poignée de terre, ce que Minami aussitôt devait admettre lui-même.

Il fit claquer la langue en jetant son oiseau-à-lunettes, immédiatement imité par les autres. Sur la neige, autour du faisan éblouissant se formèrent des vagues délicates de plumage gris-bleu, jaune, noir, vert et beige, créant une atmosphère vive.

— Dans notre village, dit Lee, on fait la fête le jour où l'on attrape le premier faisan. C'est pour protéger notre chasse. Aujourd'hui que le village est désert, il n'y a plus de fête. Mais si nous ne la faisons pas, nous, la chasse sera perdue. Et le village tombera en ruine.

— Oui, on va la faire, dis-je. Nous protégerons la chasse. Pour le village.

— Pour notre village? demanda Minami en grimaçant. Quoi? Mais nous y avons été abandonnés.

— Oui, c'est notre village, répondis-je en le fixant. Je considère que je n'ai été abandonné par personne.

— Peu importe, dit Minami avec un sourire rusé. Moi aussi j'aime les fêtes.

— Tu sais comment procéder? demandai-je à Lee. Comment faire la fête...

— On va faire griller les oiseaux ici et les manger ensemble, répondit Lee. On va chanter et danser. Ça suffira comme fête. Ça a toujours été comme ça.

— On va la faire, dis-je, sous les hourras. On va faire notre fête.

— Apportez tous des bûches et de la nourriture, commanda Lee. Moi, je vais chercher une grosse marmite.

Ils regagnèrent leurs maisons en courant et en criant, pendant que je prenais mon frère par l'épaule et que nous remontions chercher des bûches.

— Je vais vous apprendre des chansons de fête, lança Lee en agitant les bras. On chantera jusqu'au matin.

VIII. Premiers
symptômes et panique

Nous avons croisé des bûches de bois vert qui dégageaient, à l'entaille nette où avait frappé la hache, une odeur imprégnée de douceur sensuelle, nous les avons transportées dans le vestibule immense de l'école et nous avons suspendu la marmite à un crochet que nous avons fixé : c'est ainsi que fut construit le pivot de la fête. Puis nous avons placé des bûches entremêlées de brindilles sèches auxquelles on a mis le feu. Dans la marmite, on avait jeté de gros morceaux d'un épais poisson séché dans une eau grasse qui ne tarda pas à dégager de la vapeur. Sur l'insistance de Lee, le soldat vint et, retroussant les manches sur ses bras malingres, remua l'eau dans la marmite.

On a déplumé les oiseaux qu'on a alignés sur la neige, innombrables nudités obscènes au ventre gonflé. Lee les fit rôtir sur le feu l'un après l'autre, et lorsque leur doux duvet grillait, la légère odeur de la chair flottait jusqu'à nos narines. Certains oiseaux renaissaient soudain, au moment où on les étranglait, secoués de convulsions, ce qui nous arrachait des gloussements nerveux. Nous les décapitions, nous enfoncions un doigt dans leur anus que nous fouaillions, en poussant des cris de joie.

Avec un couteau tranchant, Lee coupa le gésier d'une grive et nous présenta dans ses mains le misérable contenu où l'on apercevait quelques petits cailloux. Il y avait également la tête d'un insecte brun foncé, des graines dures, des racines d'herbes et même des bouts d'écorce.

— Quelles saloperies ils mangent! dit Minami sur un ton admiratif.

— Ils sont affamés, expliqua Lee.

— Ils sont tous affamés en dehors du village, les oiseaux, les animaux. Ils vont mourir de faim! cria Minami. Tous les hommes en dehors du village crèvent la dalle. Il n'y a que nous qui mangeons à notre faim.

Nous avons éclaté de rire, pendant que Minami paradait en courant, brandissant la grive éventrée et déplumée. Avant d'arriver au village, nous avions pérégriné entre les temples, les écoles, les dépendances de ferme; pendant ce long repli collectif, nous étions affamés chaque jour. D'autres camarades, sous la conduite d'enseignants, étaient en train d'emprunter la route que nous avions nous-mêmes naguère suivie, la voie sombre de la nuit, avec ses wagonnets aux essieux couinants, et ils se hâtaient pour nous rejoindre, anémiés d'inanition, appliquant leur main sur leur estomac

171

ravagé. Afin de les accueillir, nous devions préserver le gibier du village.

Ainsi alignés sur la neige, avec leur peau tachée et rêche en train de bleuir ou noircir, baignant dans un mélange de sang et de graisse qui coulait de leur cou coupé, les oiseaux paraissaient à la fois tellement misérables et osseux. En revanche, le faisan de mon frère était magnifique, ses cuisses charnues écartées, ses côtes dorées resplendissantes. Lee enfila à travers les pattes des oiseaux un fil de fer épais ; il constitua ainsi un anneau de viande qu'il posa sur le feu. Il empala ensuite, de l'anus au cou, le faisan avec une branche pointue de chêne que mes camarades, la tenant à chaque bout, faisaient tourner pour le rôtir.

Le soldat coupait des légumes, les mettait dans la marmite, versait du riz et de l'eau, préparait ainsi une grande quantité de soupe de riz, pendant que les garçons les plus jeunes l'aidaient en hurlant joyeusement. Mon frère, qui avait mis autour de son cou des plumes du faisan scintillant comme des flammes, se chargeait du rôle de tendre au soldat les légumes fraîchement lavés, mais il courait de temps à autre pour aller voir rôtir son gibier dont tout le corps suintait d'une graisse ocre, puis il soupirait.

À cette heure incertaine et pesante où le soleil couchant commençait à décliner sur la neige et avant que la lune ne monte, notre fastueux festin débuta. Nous nous sommes mis autour du feu, pour mastiquer la chair de l'oiseau et ses os tendres, avec la soupe de riz chaude. Une énergie ardente émanait de nos corps tandis que nous déglutissions bruyamment. Lee apporta une bouteille de saké clandestin. Cette boisson blanche et trouble était incroyablement âpre et à peine y avons-nous trempé nos lèvres, que nous avons tout recraché à grands cris. Le saké ne passa donc pas dans notre gosier, mais ce n'était pas nécessaire. L'ivresse coulait déjà dans nos veines.

Lee entonna dans sa langue maternelle une chanson qui, dans sa monotonie, nous émut si vivement que nous l'apprîmes aussitôt pour la chanter en chœur.

— C'est ça, une chanson de fête? demandai-je en criant par-dessus les voix des autres.

— Non, c'est une chanson funéraire, répondit-il en riant si fort que sa langue frétillait. Je l'ai apprise quand mon père est mort.

— C'est donc une chanson en l'honneur d'une fête, dis-je avec satisfaction. Quoi qu'il en soit, c'est une chanson de fête.

Nous avons longuement chanté. Soudain la lune monta et la neige fut enveloppée dans une lumière douce. On se précipita tous dans la neige, tout en tremblant et en hurlant, pour nous lancer dans une danse désordonnée.

Au bout d'un moment, nous avons eu encore faim et nous nous sommes rapprochés de la marmite. Le soldat, le front baissé, ses grandes jambes repliées entre ses bras, s'occupait d'entretenir le feu. On le trouvait stupide de ne pas chanter ou danser avec nous. Quand nous avons été repus, nous avons été gagnés par le sommeil et par la fatigue. Je restai assis près du feu, les genoux serrés entre mes bras, en voyant mon frère, ses amis et Léo, courir dans la neige au loin. Ni Lee ni Minami ne voulaient se détacher du feu. Cela voulait dire qu'aucun de nous trois n'était plus un enfant.

— La guerre doit continuer toujours en dehors du village, dit Minami d'une voix rêveuse. Si seulement il n'y avait pas la guerre, je serais certainement au bord de la mer, dans le sud lointain.

— Ça ne fait aucun doute, la guerre va bientôt finir, dit le soldat. C'est l'ennemi qui va gagner.

Nous gardions le silence. Rien de tout cela n'avait plus d'importance pour nous. Mais le soldat était irrité par notre absence de réaction et s'obstina dans son point de vue.

— Je n'en ai plus encore pour longtemps à me cacher avant la fin de la guerre, dit le fuyard d'une voix vibrante comme une prière. Si le pays se rend, je serai libre.

— Mais tu es libre maintenant, répondis-je. Tu peux faire tout ce que tu veux dans ce village. Tu peux t'allonger où tu veux. Personne ne viendra t'attraper. N'es-tu pas très libre ?

— Nous ne sommes pas encore libres, ni vous ni moi, répondit le soldat. Car nous sommes enfermés.

— Ne pense plus à ce qui se passe en dehors du village et garde le silence, dis-je pris de colère.

174

Nous pouvons faire tout dans ce village. N'évoque plus les gens du dehors.

Il se tut, nous en avons fait autant.

Seul le feu produisait un crépitement amical. Nous avons entendu la voix de mon frère et des autres qui couraient sur la neige. Puis l'aboiement de Léo.

— Ça ne fait aucun doute, la guerre sera perdue, répéta le soldat au bout d'un moment.

Il releva soudain la tête et en nous regardant successivement, il ajouta :

— Hein ? Vous ne dites rien, mais ça ne vous met pas hors de vous, de perdre ?

— C'est leur affaire, répondis-je avec calme. C'est l'affaire de ceux de là-bas, qui nous retiennent ici avec leurs fusils. Ça ne nous regarde vraiment pas.

— Quelle lâcheté que ça ne vous fasse rien de perdre la guerre, insista-t-il.

— Mais c'est toi qui as eu peur de mourir et qui as fui, dis-je. Et ce serait nous les lâches ?

— Nous, nous n'allons pas nous évader, intervint Minami avec un rictus mauvais, pour enfoncer le clou. Pense un peu à toi-même.

Le soldat nous lança un regard brûlant de colère, avant de s'affaisser, le front entre les genoux. Je sentis qu'il était complètement abattu et honteux, mais je n'éprouvai aucune compassion. Entre le soldat et nous se dressait un obstacle infranchissable. Bien que couard, le soldat avait apporté l'extérieur à l'intérieur du village et il en était toujours obsédé. Un type à peine entré dans l'âge adulte, un type tout juste adulte, c'est vraiment ce qu'il y a de pire, me suis-je dit, avec hauteur.

— C'est nous, alors, les lâches? demanda Minami, d'une voix on ne peut plus satisfaite, avant de nous regarder, Lee et moi.

Nous avons ri fort, tandis que le soldat gardait le front baissé, sans bouger.

Lorsque mon frère et les autres accoururent, en époussetant la neige, nous étions presque sur le point de nous endormir, autour du feu, qui s'était amenuisé. Mon frère et les autres, alignés devant nous, avaient les yeux brillants d'excitation. Chacun se mit à se parler de son côté et j'étais trop ensommeillé pour saisir les mots qu'ils prononçaient.

— Quoi? Parlez clairement, s'écria le soldat en se levant. Malade?

— Oui, elle a l'air très malade, dit mon frère avec exaltation. Elle est couchée, elle gémit et elle a le visage complètement rouge. Elle ne répond pas.

J'ai sursauté. J'avais la poitrine oppressée par le remords d'avoir complètement oublié la petite dans le hangar.

— Tu es allé la voir toi-même? criai-je en secouant les épaules de mon frère, ce qui faisait miroiter les plumes de faisan.

— Je suis allé m'excuser pour Léo, répondit

mon frère épouvanté. Elle ne faisait que gémir sans rien dire.

Nous nous sommes tous mis à courir sur le chemin enneigé brillant au clair de lune.

Sur le sol du hangar, le feu était presque éteint. Nous avons entouré la petite couchée, en nous approchant à pas de loup. Le visage de la petite se dessinait tout pâle, mais à cause de la fièvre il paraissait avoir encore rapetissé. Elle était secouée de tressaillements et haletait en laissant échapper par ses lèvres entrouvertes un son incroyablement aigu. Je me suis agenouillé sur la terre battue et j'ai effleuré d'un doigt la nuque ondoyante. Ses lèvres se contractèrent en présentant ses gencives à nue ; et elle tourna la tête violemment et mon doigt lui échappa. J'en fus surpris comme une chèvre assommée par une énorme massue. Elle gémissait tout bas et répétait des mots en traînant sur les syllabes, tandis que j'avais le souffle coupé.

— Tu vas faire du feu, commanda le soldat en tapotant vivement sur l'épaule de Minami.

Sa voix avait soudain le poids et le calme d'un homme fait. Ce n'était plus la voix terne et atone qu'il avait lorsqu'il insistait au cours de la discussion sur la guerre. Minami, qui avait toujours raillé le soldat, alla chercher docilement en silence des bûches sèches à l'extérieur du hangar.

— Hé, toi, tu vas chercher une poche à glace que tu rempliras de neige et d'eau, m'ordonna le soldat en me dévisageant.

— Poche à glace ? répondis-je, déconcerté.

177

Où est-ce que je pouvais trouver ça?

— Tu en trouveras chez le maire, dit Lee, en haletant.

— Allez la chercher, ensemble, dit sévèrement le soldat accroupi au chevet de la petite. Les autres n'auront qu'à attendre autour du feu devant l'école. Si vous ne vous tenez pas tranquilles, cette enfant va mourir. Et vous serez contaminés par sa maladie.

On est sortis, le Coréen et moi, dans la neige lumineuse et on a remonté la côte en courant.

— Ce déserteur, dit Lee en haletant et sans ralentir le pas, avait commencé des études de médecine. Il me l'avait dit, mais je n'y croyais pas.

Je priai intensément pour que ce soit vrai. Je m'efforçais d'y croire.

La maison du maire était entourée d'un mur à carreaux blancs et noirs, ce qui faisait de l'ombre au clair de lune. Lee et moi avons hésité devant le portillon et nous nous sommes regardés. L'unique bâtiment digne de ce nom affichait à nos yeux l'ordre moral. Notre pillage après le départ des villageois avait épargné cette habitation. Ce n'est que maintenant que nous était apparue clairement le sens de notre retenue.

— Si je pille cette maison, ma mère sera malmenée par les villageois pour le restant de ses jours et je serai banni, annonça Lee. Je serai peut-être tué.

Une courte bouffée de colère brûla ma gorge,

mais le regard de Lee avait une expression douce de courage.

— On va le faire?

— Je le ferai même si je dois être tué pour ça.

Nous avons sauté par-dessus le portail, puis nous avons lestement traversé la cour et nous avons fracassé avec de gros blocs de pierre la porte de bois. Il faisait encore plus froid dans le vaste vestibule qu'à l'extérieur et la puanteur de la moisissure rendait difficile la respiration. Dès que Lee eut craqué une allumette dans le creux de ses mains, une odeur de soufre nous piqua le nez. Il enflamma la torche accrochée au pilier noir de l'entrée. L'intérieur était plein de meubles qui portaient la marque d'un temps pesant et gigantesque. Je promenai mon regard dans le vestibule qui paraissait immense et remarquai un autel bouddhiste somptueux sur un planché surélevé matelassé de tatami.

Lee monta en courant, sans quitter ses chaussures, et ouvrit un placard laqué sous l'autel, d'où il sortit un sac de papier volumineux; il rit à pleines dents et redescendit en sautant. Nous avons réenjambé le portail.

— Tous les mois, avec ma mère, on tressait des sandales de paille, assis par terre pendant des heures dans le vestibule là-bas. Quelle corvée c'était, soupira Lee en courant. Quand on traînait trop, le vieux maître nous crachait dessus, à ma mère et moi.

Lee cracha violemment lui-même. Le seul fait

d'être entré chez le maire avait exacerbé ses sentiments et sa voix en tremblait.

— Nous, on sait où se trouve chaque chose dans cette maison. Depuis l'enfance de mon père, ma famille a été utilisée par cette maison, pour faire tout et n'importe quoi. On devait ramper des journées entières dans la merde pour repeindre la fosse.

— Tu as du courage, dis-je ému par un sentiment d'amitié.

Puis je me suis rappelé les mots de la petite et j'ai été saisi d'une telle tristesse que je me serais laissé tomber dans la neige et que j'aurais hurlé en pleurant. Je me suis mordu les lèvres et j'ai ramassé de la neige pour en remplir la poche à glace d'une autre époque que Lee avait sortie du sac de papier et j'ai puisé avec mes mains glacées de la neige fondue qui commençait déjà à se solidifier.

— Toi aussi, tu as du courage, dit Lee en refermant l'orifice de la poche à glace.

À l'entrée du hangar, le soldat nous prit des mains la poche à glace et, d'un mouvement du menton, nous fit signe de nous en aller.

— Elle ne va pas mourir, n'est-ce pas, on va la sauver, hein? lui demandai-je, suppliant.

— Je n'en sais rien, répondit-il froidement. Il n'y a ni médicament ni rien, je ne peux rien faire.

En fermant la porte devant nous, il avait une expression glacée, distante, comme si une couche épaisse avait commencé à se coaguler sous sa peau.

Lee et moi, nous nous sommes tus, en nous serrant, épaule contre épaule, et nous avons regagné la place de l'école. La fatigue enflait en moi comme une éponge que l'eau imbibe lentement.

Nos camarades étaient assis autour du feu, la tête baissée. M'apercevant alors que mon frère leur tournait le dos, dans une attitude hostile, à l'écart de leur cercle, en caressant Léo, je fus rempli d'inquiétude. Minami se leva, fit un pas vers nous et nous regarda, Lee et moi dans les yeux. Il avait les lèvres convulsées. Il déglutit avant d'ouvrir la bouche et j'eus alors un élan pour l'en empêcher. C'était trop tard.

— D'après le diagnostic du soldat, déclara-t-il précipitamment, elle est touchée par l'épidémie.

Épidémie, ce mot... épidémie qui s'était propagée et avait proliféré à travers le village à toute allure, dans des proportions gigantesques, et avait fait rage comme une tempête anéantissant les hommes... Alors que les enfants étaient restés seuls au village, ce mot, pour la première fois, avait été craché, avec une charge de réalité. Je sentis que cela provoquait un bouleversement parmi mes camarades autour du feu, déchaînant soudain la panique.

— Mensonge! criai-je. C'est un mensonge!

— Je me suis tu jusqu'à votre retour, répondit Minami. Mais je peux jurer que le soldat me l'a dit clairement. Cette fille a les fesses souillées d'une merde visqueuse comme du sang. Je l'ai vu. Elle est atteinte.

J'ai constaté que les plus jeunes de nos camarades étaient en proie à une soudaine crise de panique et j'ai lancé un coup de poing violent dans le gosier agité de Minami. Minami s'effondra sur la neige qui avait fondu à la chaleur du feu et gémit en se prenant la gorge à deux mains. Je m'apprêtais à lui donner un coup de pied dans le creux de l'estomac, alors qu'il perdait le souffle, Lee m'en empêcha. Ses bras étaient vigoureux et chauds. Je fixai mes camarades qui s'étaient levés autour du feu, de plus en plus effrayés.

— Ce n'est pas une épidémie, dis-je.

Mais la panique les avait trop profondément gagnés et ils ne m'acceptaient plus.

— On va s'enfuir, sinon on va mourir nous aussi, lança l'un d'eux, d'une voix épouvantée. Il faut que tu nous guides et que tu fuies avec nous.

— Je dis que ce n'est pas une épidémie. Ceux qui veulent recevoir un coup de poing, n'ont qu'à continuer à pleurnicher, dis-je en prenant un ton brutal, pour dissimuler la panique qui commençait à me gagner. L'épidémie ne s'est pas propagée parmi nous.

— Je sais quelque chose, dit désespérément une autre voix stridente. C'est le chien qui a transmis la maladie.

Dans un ébahissement total, j'ai regardé mon frère et Léo. Pour ignorer ces allégations, mon frère tournait encore plus le dos et se frottait la poitrine au cou de Léo.

— Je le sais moi aussi, répétèrent-ils tous les uns après les autres.

— Tu nous le caches, parce que ça vient du chien de ton frère.

J'étais désemparé devant mes camarades qui pour la première fois étaient révoltés contre moi.

— Qu'est-ce qui est arrivé au chien? demanda Lee d'une voix tendue. Dis, qu'est-ce qui s'est passé?

— Ce chien a déterré un cadavre, dit faiblement une voix qui sanglotait. Et c'est ton frère qui l'a réenterré. Nous l'avons vu laver ses propres mains et le chien ensuite. C'est depuis ce moment-là que le chien est malade. Ce matin, il a mordu la fille au poignet. Il lui a passé la maladie. C'est comme ça que l'épidémie a commencé à se propager entre nous.

Les derniers mots se perdirent entre les sanglots. Dans mon désarroi, je ne voyais pas d'autre solution que de m'adresser à mon frère, mais il me tournait obstinément le dos :

— C'est vrai, cette histoire du chien? C'est faux, n'est-ce pas?

Mon frère se retourna et tandis que tous les regards se posaient sur lui, il commença à remuer les lèvres, mais il baissa la tête en silence. Je gémis. Mes camarades entourèrent mon frère et le chien. Il avait la queue prise entre les pattes arrière, le dos tout contre les genoux de mon frère et il levait les yeux vers nous.

— C'est lui que l'épidémie a touché, dit Minami d'une voix rauque. Tu peux toujours dissimuler, tu n'empêcheras pas que c'est lui qui a passé la maladie à la fille.

— Tout le monde l'a vu lui mordre le poignet, dit un autre. Il l'a mordue alors qu'elle n'avait rien fait. Il doit être fou.

— Il n'est pas fou, protesta violemment mon frère qui défendait désespérément son chien. Léo n'est pas atteint par l'épidémie.

— Comment peux-tu affirmer ça, toi? Tu t'y connais en épidémie? lança Minami avec pugnacité. Ce sera ta faute si l'épidémie se propage.

Mon frère supportait cela, les yeux écarquillés et les lèvres tremblantes. Il s'écria en s'efforçant de toute évidence de juguler l'angoisse qui le minait :

— Je n'en sais rien, mais Léo n'est pas touché par l'épidémie.

— Menteur! attaquèrent quelques voix. C'est à cause de ton chien que tout le monde va mourir.

Minami se détacha en courant du cercle des accusateurs, il arracha un chêne vert auquel était accrochée la marmite. Tout le monde était bouleversé et le cercle s'élargit.

— Arrête! cria mon frère, effrayé. Si tu frappes Léo, tu ne m'échapperas pas.

Mais Minami s'avança impitoyablement en sifflant de manière stridente. Mon frère s'accroupit précipitamment, mais le chien, attiré par le sifflement, se dégagea en bondissant. Je vis que mon frère m'adressa un regard désespéré, mais que pouvais-je faire? Le chien se dressa maladroitement en sortant sa longue langue, mais cela ne m'apparut alors que comme un tas de microbes qui proliféraient à toute allure.

— Lee! supplia mon frère.

Mais ce dernier resta implacable.

La bûche s'abattit et le chien s'effondra avec fracas dans la neige. Tout le monde observait l'événement en silence. Le corps secoué de sanglots, mon frère s'avança en chancelant, le visage ruisselant de larmes, les dents serrées. Mais il était incapable de poser les yeux sur le chien dont le crâne, au-dessus des oreilles, laissait calmement suinter un sang noir. Anéanti de colère et de tristesse, mon frère déclara :

— Qui peut décider que Léo était touché par l'épidémie? Dites-moi, vous. Qui?

Mon frère s'affaissa, éclata en sanglots et partit en courant. Tout le monde, muet, vit ses épaules tremblantes s'éloigner. Je le rappelai, mais il ne revint pas sur ses pas. Je me dis que je l'avais trahi. Comment pourrais-je consoler mon frère qui devait être allongé dans la pénombre de l'entrepôt de céréales le visage enfoui dans la paille poussiéreuse.

Peut-être aurais-je dû le suivre pour le consoler, en lui entourant les épaules. Peut-être était-ce le meilleur moyen. Mais il fallait absolument conjurer cette panique qui saisissait les plus jeunes d'entre nous et qui était capable de les pousser à quelque acte irréversible. Je me suis dit qu'au fond le désarroi dans lequel ils se trouvaient face à la mort du chien était ce qui pouvait se passer de mieux, probablement notre seule issue.

— Dites! criai-je. Ceux qui pleurnichent en parlant de l'épidémie auront le crâne fracassé comme ce chien. Vous avez compris? Je vous garantis qu'aucune épidémie ne s'est propagée nulle part.

Mes camarades, impressionnés, se turent. Mais ce n'était pas ma voix, plutôt la massue en chêne, ensanglantée, dans la main de Minami, qui les paralysait et les assujettissait. Sentant que j'avais réussi, j'ai répété en y mettant toute ma force :

— Compris? Il n'y a pas la moindre épidémie.

Puis, je ramassai un collier fait de plumes de faisan qui était tombé à l'endroit où mon frère était assis, dans la boue et la neige, et je l'ai glissé dans la poche de ma veste. Lee et Minami lancèrent dans les flammes la dépouille du chien et empilèrent des bûches par-dessus. Le feu qui s'était affaibli avait du mal à reprendre et pendant longtemps entre les bûches on distingua les pattes arrière de l'animal.

— Tout le monde va regagner son logement et dormir, dis-je sur un ton impératif aux plus jeunes. Ceux qui protestent auront affaire à moi.

Minami me lança un regard sarcastique, ce qui m'a exaspéré.

— Minami, va dormir, toi aussi, ordonnai-je.

— Je ne reçois pas d'ordres, répondit-il en affichant son hostilité.

Il serrait dans sa main la massue de chêne où les poils du chien étaient agglutinés au sang.

— Toi, tu ferais mieux de rentrer, dit Lee en se mettant en garde contre la massue de Minami. Si tu n'es pas content, tu auras affaire à moi, toi aussi.

Minami grimaça et jeta sa massue dans le feu en hurlant en direction des autres :

— Si vous ne voulez pas mourir seuls comme le chien, venez coucher chez moi. Il y a plein de microbes autour de ces deux-là.

Nous avons vu, Lee et moi, s'éloigner les camarades qui suivaient Minami en courant et nous sommes restés là, le front brûlant à la chaleur du feu. Au début, nous entendions le bruit sec et discret du cuir de la bête, qui crépitait. Puis de la graisse fondue suinta et grésilla, en formant des étincelles. Une forte odeur de chair qui se consumait envahissait l'atmosphère environnante qui en devenait visqueuse. Elle n'avait rien à voir avec le fumet vif et énergique qui s'était dégagé quand on avait rôti les pigeons, les pies-grièches et le faisan. Elle avait le goût de la mort pesante. Je m'accroupis et régurgitai un peu de trognons de légumes, de grains de riz et de nerfs durs d'oiseaux. J'essuyai du revers de la main mes lèvres sous le regard épuisé et vague de Lee. La fatigue inonda mon corps comme un déluge et grouilla sous ma peau. J'étais épuisé de sommeil au point de n'avoir pas la force d'étendre mes membres. Il m'était également pénible de rester assis dans cette puanteur d'incinération de chien. Je me mordis les lèvres et me redressai lentement, puis, ayant hoché la tête en direction de Lee, je tournai le dos au feu. Je voulais dormir près de mon frère, m'enfonçant dans la paille comme un jeune animal. Mon frère me pardonnerait, car je serais tellement vanné et j'aurais le cœur meurtri. C'était là une pensée d'une douceur exquise. La lune s'était cachée sous d'épais nuages, donnant un éclat nacré à leurs lointains contours. Sur le chemin dallé, plongé dans l'obscurité, la neige s'était de nouveau glacée, et crissait sous mes semelles. Le froid insensibilisait mes joues tandis que je remontais la côte.

La porte de notre entrepôt de céréales s'entrouvrit et le store pendu de l'autre côté frémit au vent. Je glissai une épaule et appelai mon frère. Pas de réponse. Dans le vestibule, le feu était éteint et il ne flottait aucune odeur humaine. Je sortis d'une poche de mon pantalon un sachet d'allumettes et j'en craquai une, en courbant le dos pour la protéger du vent. La couche de mon frère était vide. Je constatai alors que sur la huche de céréales son sac de survie avait disparu et qu'à sa place était posé l'ouvre-boîtes en forme de tête de chameau que je lui avais prêté, comme il faut avec sa poignée vers le bas. Pendant la courte période durant laquelle nous avions élu domicile dans cet entrepôt de céréales, la poussière du quotidien s'y était accumulée et le sac de mon frère avait laissé son empreinte noire et nette à l'endroit où il avait été posé. Je me brûlai le doigt avec l'allumette. Je poussai un hurlement, je la jetai et sortis.

En dévalant la pente, j'appelai mon frère à pleins poumons. Mais ma gorge endolorie par l'air glacé et sec ne laissait échapper qu'une voix faible qui se répercutait dans les ténèbres. Hé, hé, reviens, hé, où es-tu passé?

Lee était penché si près du feu qu'il risquait d'y brûler ses sourcils et il piquait avec un bout de bois le corps du chien qui avait du mal à se consumer. Le ventre avait éclaté et, avec des crépitements, les entrailles, de couleur vive, étaient en train de griller. Un morceau de petit intestin se dressa comme un doigt tremblant, se gonfla lentement et rougit.

— Tu n'as pas vu mon frère? demandai-je, articulant avec peine à cause de ma langue desséchée.

— Quoi? répliqua Lee, en tournant vers moi un visage écarlate et brillant de graisse.

J'étais excédé de constater que l'incinération du chien le passionnait davantage.

— Ton frère? reprit-il.

— Il a disparu. Il n'est pas venu revoir le chien?

— Non, répondit Lee en remuant les viscères qui éclataient avec des grésillements obscènes. Je n'en sais rien.

— Oh, soupirai-je, dans un souffle brûlant. Où a-t-il bien pu passer?

— Ça pue terriblement. Le sang réussit quand même à brûler, expliqua Lee dont les mains dégageaient une odeur pestilentielle.

Je parcourus en vitesse l'étroit chemin dallé du village, m'enfonçai dans la forêt qui menaçait de part et d'autre la côte pavée et parvins au terre-plein d'où partaient les rails des wagonnets en ce moment bloqués et d'où l'on dominait la vallée.

189

Elle était sombre et on n'entendait que le violent fracas de l'eau. Je criai : Hé, hé, reviens, hé, ne va nulle part. Hé, hé !

Personne ne répondait. Les oiseaux et les bêtes étaient également silencieux dans la forêt derrière moi. Ils se tapissaient à l'ombre des arbres et des plantes, épouvantés par le pressentiment funeste d'un désastre qui allait frapper le village, et prêtaient l'oreille aux cris d'un enfant d'homme. Mes cris étaient aspirés par les oreilles sans fond de ces bêtes silencieuses sans jamais parvenir à mon frère en fuite. Hé, hé, reviens, hé, ne va nulle part, hé !

De la cabane de surveillance, de l'autre côté de la vallée, apparut faiblement la lumière scintillante d'une lanterne que le bras d'un homme portait : elle flageola sur une courte distance. Soudain, un coup de sommation retentit dans la vallée. Bouillant de colère, je repris le chemin de la forêt pour redescendre vers le village. Je me dis que mon frère m'avait abandonné. Mon frère ne m'avait jusqu'ici jamais abandonné, ni quand, pour la première fois, j'avais été envoyé en maison de correction pour avoir poignardé un élève d'une classe supérieure dans le dortoir du collège, ni quand je m'en étais évadé et j'avais mené une existence sordide avec une ouvrière d'une fabrique de jouets, avant d'être rattrapé par un policier et mon père et ramené au foyer, dans mes vêtements pouilleux et avec ma maladie honteuse, ni quand j'avais été reconduit à la maison de correction, mais maintenant, oui, il m'avait abandonné.

J'avançai, gémissant comme une bête et versant des larmes dans la neige. Mes orteils gonflés d'engelures s'imprégnaient d'eau sale qui s'infiltrait à travers mes semelles fissurées, provoquant des démangeaisons à me rendre fou. Mais j'enfouissais mes souliers dans la neige jusqu'à la cheville, sans me résigner à m'accroupir pour me gratter. Si jamais je m'accroupissais, je n'aurais jamais la force de me redresser et de reprendre ma marche.

Je me suis arrêté devant le hangar et j'ai prêté l'oreille. J'ai entendu à travers le mur sombre et si aveuglément obtus les gémissements de douleur de la petite. J'ai couru et j'ai frappé à la porte de bois.

— Qui est là ? demanda le soldat d'une voix agacée.

— On pourra la sauver ? demandai-je avec des sanglots dans la voix. Dis-moi que ce n'est pas l'épidémie.

— Ah, c'est toi ? fit le soldat que j'entendis se lever. Je ne sais pas si on pourra la sauver. Je ne sais même pas si c'est l'épidémie.

— On devrait la montrer au docteur, dis-je.

Mais en pensant au médecin du village voisin qui m'avait si brutalement éconduit quand je l'avais supplié, je perdis courage.

— Si seulement un docteur pouvait venir de quelque part, repris-je.

— Ramasse-moi de la neige pour remplir la poche à glace, dit le soldat d'une voix toujours aussi lasse et mélancolique.

Je me suis agenouillé dans la neige et je me mis à

ramasser la neige dans mes doigts gelés et insensibilisés. Mon frère m'avait abandonné et mon premier amour agonisait, les fesses baignant dans des excréments sanglants. Je sentais que l'épidémie avait envahi la vallée avec la violence d'une averse, qu'elle m'avait rattrapé, qu'elle était omniprésente parmi nous et qu'elle nous paralysait. J'avais touché au fond d'un abîme et je n'avais pas d'autre choix que de ramasser de la neige sale, accroupi sur un chemin sombre, dans la nuit, en sanglotant.

IX. LE RETOUR

DES VILLAGEOIS

ET LE MASSACRE DU SOLDAT

Au cours de la nuit, l'épidémie fit rage, manifestant sa puissance féroce, assommant et dominant sans pitié les enfants délaissés. L'aube était sombre, et la matinée et le midi qui suivirent étaient également sombres, étouffant le village de la vallée sous un brouillard souillé. Le soleil filtré par une couche atmosphérique épaisse et trouble faisait fondre la neige qui s'écoulait et inondait le paysage de sa moiteur sale. Le village, qui était plongé dans notre désespoir et notre inertie, dans un grouillement concentré de microbes, dans un ensemble gigantesque d'imperceptibles bactéries qui allaient nous pousser dans un état d'inconscience et une crise de délire propre à enflammer notre gorge, se dissolvait et bouillonnait comme la gélatine jaune pâle que l'on extrait des os et de la peau du bœuf.

Chacun de mes camarades se tapissait au fond de sa maison et n'en ressortait plus. Même Lee s'était enfermé dans la maison exiguë qui sentait le porc. Moi aussi, je me suis allongé en fermant les yeux, sur le sol de l'entrepôt de céréales, en essuyant la sueur froide qui régulièrement imprégnait mes sous-vêtements. Aucun d'entre nous ne présentait de symptômes, mais l'épidémie allait probablement nous assaillir férocement comme un coup de poing brutal et nous nous y attendions au fond des maisons obscures. Seul le soldat qui nous avait ordonné de force d'attendre dans cette angoisse, seul le soldat qui avait même eu l'autorité de soumettre Minami lui-même combattait, au prix d'une nuit blanche, l'épidémie qui avait commencé par la petite. Consumés d'inquiétude, certains quittaient en courant leur logement, pour frapper à la porte close du hangar, mais étaient accueillis par les insultes du soldat exaspéré, ce qui les faisait battre en retraite et regagner leur maison. Çà et là, dans le village, des sanglots et des cris de colère soudaine résonnèrent dans le vide.

Allongé sur le dos, je patientais dans les ténèbres. Le sexe de la petite, sec et glissant comme une fleur d'été, ses fesses maculées, son petit visage rougi de fièvre s'approchaient et s'éloignaient à toute allure. Cela se répétait souvent, provoquant de petites érections intermittentes et honteuses. De temps à autre, je croyais entendre les pas feutrés de mon frère et je me raccrochais à cette idée en m'efforçant d'y croire. Presque tout le temps, je sentais au fond de l'air trouble du vestibule si sombre la présence de mon frère qui grattait de sa main le brouillard et la poussière secs, mais mon timide frère se contentait d'un sourire sans s'approcher davantage.

Au crépuscule, j'aperçus le soldat qui portait quelque chose de petites dimensions, enveloppé dans un chiffon, vers la fosse commune creusée dans la terre meuble et parmi les arbustes de la vallée, suivi de mes camarades à quelques mètres de distance. Je sortis en courant, pour rejoindre leur groupe, et je vis le soldat qui de temps en temps tentait de nous refouler de son regard sévère, creuser le trou avec application dans le sol puis enterrer la masse enveloppée dans le chiffon et je ne pus retenir mes larmes.

Puis le soldat remonta la côte, le corps courbé en deux, et dès qu'il eut regagné le hangar, il se mit à empiler en silence par terre des branchages et des bûches. Nous l'avons aidé muettement. Le petit hangar vomit une abondance de flammes et de fumée, devenant une haute tour de feu et dès que nous l'avons vu s'embraser dans le ciel crépusculaire, nous nous sommes dispersés pour regagner, chacun, sa maison. C'est le soldat qui nous a expulsés.

Dans le vestibule où le foyer s'était éteint, je me suis assis en enserrant mes genoux entre mes bras et j'ai sangloté pendant longtemps. J'avais mal à la tête, comme si elle était prise dans un étau. Puis je suis sorti sur le chemin dallé plongé dans l'obscurité et j'ai appelé mon frère. Mais il n'apparaissait pas avec un timide sourire. Je redescendis la pente.

Devant le hangar en cendres, le déserteur se

tenait dans une flaque sale de neige qui avait fondu sous la chaleur de l'incendie. Il avait une crise de larmes, la tête baissée et les épaules tremblantes. Je me suis rapproché. Dans les ténèbres, nous nous sommes regardés. Le déserteur ne desserrait plus les mâchoires. Moi non plus, je n'avais plus aucune parole à lui adresser. Je voulais lui raconter que j'avais été abandonné par mon frère et par mon amour. Mais je ne faisais que sangloter, comme un bébé angoissé qui ne connaît pas encore le langage.

J'y ai renoncé, et, secouant la tête, j'ai tourné le dos au déserteur et j'ai remonté le chemin dallé vers l'entrepôt de céréales. La neige avait encore gelé et redevenait dure. Soudain, le soldat me poursuivit sur le chemin dallé sombre. Puis, il entoura mon épaule de son bras. Sans dire un mot, nous avons regagné l'entrepôt et nous nous sommes couchés par terre, nos corps enlacés. Maintenant sa mâchoire relâchée, sale et barbue, ses joues osseuses et hâves paraissaient dotées d'une beauté héroïque. Tandis que je sanglotais, le déserteur serra ma tête contre sa poitrine qui sentait la sueur et il se montra avec moi d'une grande douceur. Puis, pendant un petit moment, malgré la menace de l'épidémie, notre épuisement, notre apathie qui nous empêchait de proférer la moindre parole et notre désespoir, nous avons partagé un pauvre petit plaisir en silence, exposant mutuellement nos misérables fesses qui dans le froid glacial avaient la chair de poule, nous abandonnant à des caresses sournoises.

Avant l'aube, j'entendis un cri étouffé qui m'arracha à mon sommeil léger et, tout en tremblant de froid, je découvris que le soldat n'était plus dans mes bras. C'était l'aube. J'ai cru entendre des chuchotis. Sourire discret et attachant de mon frère, lèvres entrouvertes qui découvrent des dents étincelantes. Je me suis redressé en sursaut et j'ai frotté du bout des doigts des fines particules de givre sur la vitre pour regarder au-dehors. Au-delà d'une épaisse couche de brume laiteuse, se dessinait une lueur rose pâle qui peu à peu gagnait en consistance.

Puis soudain, quand le chant des oiseaux se fut éteint comme l'accalmie d'un ouragan impétueux, les silhouettes noires et vigoureuses de quelques hommes se dessinèrent dans la nappe de brume : des villageois inexpressifs comme des bêtes et tendus, armés de lances à pointe aiguë, m'observaient en silence. Nous nous sommes regardés pendant un court laps de temps à travers une vitre qui se recouvrit aussitôt de givre, comme on regarde des animaux rares. J'en fus stupéfait et, avec un haut-le-corps, sentis qu'il en naissait un soulagement doux comme de l'eau chaude : les adultes du village sont de retour...

Dans la nappe de brume qui s'étendait derrière le groupe, apparut la tête d'un petit bonhomme à la mâchoire solide, qui me dévisageait et regardait derrière moi. C'est le forgeron, me suis-je dit. Quand il ouvrit de force la porte d'un coup d'épaule, brandissant une courte barre de fer qu'il tenait comme une arme, j'éprouvai même une certaine nostalgie. Mais il jeta un rapide coup d'œil dans ma direction, ses lèvres épaisses pincées, en arborant une expression brutale : c'était moins un regard entre hommes que le regard d'un homme vers un animal. Il est en train de vérifier si je cache une arme, me dis-je décontenancé en pensant sans raison particulière à mon peu de défense.

— Inutile de te débattre, dit le forgeron qui s'était faufilé d'un saut agile, avant de me saisir par le bras. Suis-nous.

J'ai été traité en otage. Mais je n'avais pas l'intention de résister, bien que les mains énormes et robustes du forgeron dans leurs gants de chanvre aient pris mes bras dans un étau. Les adultes étaient de retour, probablement allaient-ils nous sauver de la menace de l'épidémie... Enfin, les villageois étaient de retour...

— Tu nous suis sans te débattre, répéta le forgeron, sinon tu auras affaire à mon poing.

— Je vais vous suivre, répondis-je, d'une voix rauque. J'aimerais prendre mes bagages. Je vous promets que je ne me débattrai pas.

— Ça ? demanda le forgeron, en indiquant du bout de sa barre de fer le sac de survie sur le coffre de céréales, plongé dans l'obscurité. Va le chercher.

Je glissai dans le sac l'ouvre-boîtes que mon frère avait laissé et je nouai la ficelle en bandoulière autour du bras. Pendant ce temps, le forgeron attendait en me surveillant d'un regard attentif et méfiant. Je me dis que la nouvelle légende sur la férocité des enfants de la maison de correction avait pénétré le village montagnard dans ses moindres recoins.

Quand je suis sorti dans le brouillard et dans le vent, le forgeron collant son épaule à la mienne, les hommes nous entouraient. Nous descendîmes la pente en silence. Quand mes pieds glissaient sur la neige, le forgeron relevait d'un geste violent mon épaule défaillante pour ne plus libérer mes maigres muscles.

— Je ne vais pas fuir, dis-je.

Le forgeron mettait de plus en plus de force dans ses doigts qui s'enfonçaient douloureusement dans ma chair. Pendant mon court transfert, les hommes gardaient le silence et le forgeron ne lâchait pas prise. Les hommes piquaient leurs lances en bambou dans la neige glacée par le froid de l'aube précoce, en produisant un bruit sec.

Devant l'école, je vis, dans le brouillard, assis autour du feu de joie éteint, mes camarades avec leur sac de survie entre leurs bras ou posé sur leurs genoux, qui m'accueillirent avec des cris. Je cherchai rapidement des yeux mon frère. Mais le forgeron me donna un coup à l'épaule pour que je les rejoigne et lorsque je me fus assis dans la brume où baignait le feu puant le charbon, ma faible attente fut déçue. Puis, chaque fois que d'autres camarades étaient amenés, j'espérais en vain reconnaître les gestes souples et la petite tête parfaite de mon frère.

Pourtant, je n'avais pas perdu une légère excitation. Autour de moi, mes camarades avaient également été libérés de leur peur devant l'épidémie et ils étaient en proie à une sorte d'enthousiasme gai et frénétique. Les adultes du village sont de retour, nous sommes-nous dit. L'épidémie avait réussi à nous arracher la petite fille, comme une ultime fleur, mais était aussitôt retombée : telle était la conviction qui s'imposait de plus en plus fermement à nous. Cela instillait en nous une telle joie que certains ne craignirent pas de se chatouiller entre eux, d'esquisser des gestes obscènes ou même de rire.

Minami, qui fut alors amené par un villageois qui le tenait par le bras, ne cessait de rire d'une voix surexcitée. Il nous rejoignit, les joues rouges et gonflées, les yeux scintillants et la bouche écumant sous son rire.

— Pendant que je faisais ma toilette ce matin dans le vestibule, ils sont venus me prendre, criat-il. Ils ont été fascinés par mes fesses nues. Ils ont reniflé, ils ont frappé, c'est fou, non ? Et tout ça, pendant que je faisais ma toilette du matin !

— Ta toilette du matin ? demanda naïvement un jeune qui était complètement affranchi de son angoisse.

— Oui, ma toilette du matin, celle des fesses, répondit Minami d'humeur joyeuse.

Autour de lui, nos camarades éclatèrent de rire, de leurs voix enfantines. Minami, fier de lui, fit un geste obscène. Ils étaient tous survoltés, comme avant une excursion, déjà en rang comme s'ils attendaient l'appel.

La brume se dissipa et le ciel nuageux apparut vers le bas, dans la lumière humide du matin, ramollissant la neige sale qui s'était verglacée avec de la boue. Tous mes camarades avaient été ramenés de leurs habitations provisoires. Nous fûmes entourés de villageois de plus en plus nombreux, avec leurs visages inexpressifs et tendus, armés de lances de bambou ou de fusils. À côté de leur silence, l'exaltation frénétique de mes camarades détonnait. Quand la brume se fut complètement dissipée, je vis arriver le gendarme et le maire qui se frayaient un chemin entre les villageois taciturnes. Notre tension paraissait se cristalliser en un noyau d'ambiguïté.

— Petits voyous, commença le maire en laissant exploser une colère longtemps contenue, comment avez-vous osé vous introduire chez les gens, piller la nourriture, incendier l'entrepôt. Espèces de salopards !

La surprise nous pétrifia et notre excitation frénétique se mua en sombre angoisse.

— Je ferai un rapport complet aux autorités compétentes sur tous vos agissements. Bougres de gredins ! Bons à rien !

— Qui a mis le feu à l'entrepôt ? demanda le gendarme d'une voix agressive. Inutile de mentir, hein !

Minami s'ébroua dans un mouvement de révolte. Il posa son sac sur la neige et s'apprêtait à s'y asseoir. Le gendarme se précipita aussitôt sur lui, il le prit par les vêtements et lui assena un coup de poing dans la mâchoire.

— Hé, je parie que c'est toi, le pyromane, gueula le gendarme, la voix chargée de haine, en le secouant. Allez, crache, espèce de vipère! Tu te moques de moi? Hein, c'est toi qui as mis le feu, non?

— Ce n'est pas moi! protesta Minami en se contorsionnant de douleur. Ce n'est pas moi. C'est le déserteur de l'École des Cadets.

Le gendarme lâcha prise, observant Minami, les lèvres tremblantes. Cependant, les villageois semblaient bouleversés. Nos regards réprobateurs convergèrent sur Minami.

— Le déserteur était donc là. Hein, où est-il caché?

— Je n'en sais rien, répondit Minami.

— Espèce de vipère! maugréa le gendarme avant de lui flanquer un coup de poing.

Minami s'écroula et le gendarme le roua de coups de pied en pleine poitrine.

— Tu te moques de moi!

— Où est le soldat? Allons, avoue! demanda le maire à un autre d'entre nous, en lui tordant le bras. Quant à vous tous, vous êtes pourris jusqu'à la moelle. Où est le soldat?

L'enfant était paralysé de douleur, de colère et surtout de peur:

— Il s'est enfui dans les montagnes, dit-il. Mais je ne sais rien d'autre.

— Enfermez-les, ordonna le gendarme aux villageois. Puis rassemblez-vous.

Le forgeron et les autres villageois nous pressèrent. Nos pieds qui s'étaient soudain alourdis et nos ventres vides qui se rappelèrent à nous augmentèrent notre angoisse pendant que nous marchions, en entendant derrière nous les villageois se rassembler. Nous étions tellement surexcités, déçus et enragés que nous en pleurions tandis qu'ils nous enfermaient dans une grange exiguë et adjacente à l'école. À l'extérieur le loquet se referma violemment.

Le gendarme lança un ordre et une vague de pas précipités mêlée aux claquements des lances de bambou résonna. C'est la battue, pensai-je. Ils allaient traquer le soldat et l'arrêter. Il avait dû s'apercevoir du retour des villageois plus tôt que moi. Mais épuisé par la nuit blanche durant laquelle il s'était occupé de la petite, il allait être rapidement rattrapé.

— Ces types-là, dit Minami, s'adressant, avec une feinte gaieté destinée à nous distraire de son échec, à ceux qui l'entouraient, ces types-là sont venus en éclaireurs pour vérifier si nous sommes tous morts. N'est-ce pas, les femmes et les enfants ne sont pas encore revenus. Ils ont été estomaqués de nous voir vivants. Et avec ça, il y en a même qui font leur toilette du matin!

Il laissa échapper un rire obscène. Pourtant, nos camarades avaient totalement perdu l'excitation gaie et frénétique qu'ils avaient au départ, et le rire artificiellement aigu de Minami était absorbé dans la résurgence de la profonde inquiétude qui avait une pesanteur et une viscosité quotidiennes, et enfoui sous la réapparition de ce sentiment exaspérant de l'attente, au point que son rire ne se répercutait nullement ni ne produisait plus la moindre vibration. À la fin, Minami lui-même s'assit et se tut, plongé dans une humeur sombre et se mangeant les ongles. Nous avons attendu une éternité.

Et si l'envie d'uriner pressait certains, ils n'obtenaient aucune réponse malgré des coups répétés contre la porte et leurs supplications. Il fallait se soulager dans un coin de la grange, blêmes d'humiliation et de honte. Aussitôt la pièce se remplissait d'une répugnante puanteur de pisse.

Certains autres regardaient au-dehors à travers les fissures des lattes et nous informaient de leurs découvertes infimes. Au début, il n'y avait aucun mouvement à l'extérieur. Mais vers midi, ceux qui collaient le nez contre les lattes qui étaient du côté de la fosse commune de la vallée firent une importante découverte. Ils poussèrent un curieux gémissement inarticulé et tout le monde se mit à regarder à travers les lattes, soit en leur montant sur le dos soit en se faufilant entre leurs cuisses. Puis une colère commune nous arracha à nos peurs multipliées et nous réunit fermement en se propageant d'un corps à l'autre.

Cinq villageois travaillaient avec des houes dans le cimetière communal, le dos et les épaules baignant dans une pâle lueur tandis qu'ils baissaient le visage plongé dans l'ombre. Ils déterraient les cadavres que nous avions ensevelis avec autant de soin que s'il s'était agi de précieux bulbes, et les alignèrent sur le pré où la neige se maintenait encore un peu. Il nous était difficile d'identifier notre ancien camarade et le cadavre récent de la petite, premier bourgeon de notre panique. Ils étaient tous couverts de boue et n'étaient plus qu'un chaos bizarre de matière bleue et de terre. Mais, quand des bûches furent entassées dans la fosse profanée et que les cadavres y furent déversés pêle-mêle, une faible flamme pointue agitant l'air stagnant de l'après-midi, notre colère devint irréversible. Même Minami serra les dents et versa des larmes. Car c'était une sorte de cérémonie qui nous obligeait implacablement à reconnaître que tout être humain du village, y compris les morts, fussent-ils déjà enterrés, repassait sous le contrôle des adultes du village. Les villageois opéraient d'un air ennuyé et désinvolte, avant de réapparaître progressivement sur la pente de la vallée. Même les femmes et les enfants qui étaient en train de revenir au village observaient ce spectacle sans manifester la moindre émotion.

Nous investissions et possédions le village, me dis-je soudain avec un tressaillement. Nous n'étions pas enfermés dans le village, mais c'est nous qui l'occupions. Or non seulement, nous avions cédé aux villageois ce territoire sans aucune résistance, mais nous nous étions laissé enfermer dans la grange. Nous nous étions fait piéger, complètement piéger.

J'ai détaché mes joues des lattes contre lesquelles elles étaient collées et je suis retourné dans le recoin opposé. Minami, tournant vers moi ses yeux minces, perçants et rougis par les larmes, me murmura :

— Ces types-là ne se gênent pas!

— Oui, répondis-je. C'est le moins qu'on puisse dire.

— Ils ont déserté le village pendant cinq jours, et c'est nous qui l'avons gardé. Nous avons même organisé une fête pour la chasse. Et c'est nous qu'ils enferment! Ils ne se gênent vraiment pas.

— Qu'est-il arrivé à Lee? demanda un de nos camarades Est-ce qu'il a été pris, lui aussi?

— Si seulement Lee pouvait nous délivrer d'ici! s'écria Minami, rageur.

— Si seulement nous avions des fusils! On pourrait faire déguerpir les paysans, ces sales bougres!

J'acquiesçai, ressentant une bouffée d'amitié à son égard. Si j'avais un fusil, je tirerais sur tout ce qui bouge, je leur ferais cracher le sang. Mais Lee n'était pas venu à la rescousse. Nous non plus nous n'avions pas de fusil. Je m'assis, les genoux entre les bras, en m'adossant aux lattes, les yeux fermés. Puis Minami prit place à mes côtés, collé à mon épaule. Il me chuchota à l'oreille tandis que je gardais les paupières closes :

— Je suis désolé pour ton frère.

Mais je voulais échapper à la hantise de mon frère.

— Ton frère est agile et il a les jambes robustes, dit Minami. Il a dû se cacher quelque part dans les taillis et il a dû nous voir quand on a été pris. Je suis vraiment désolé pour toi.

Soudain, au fond de la forêt derrière nous, nous avons entendu deux coups de fusil de sommation, tirés dans un bref intervalle. Nous nous sommes tous aussitôt levés pour prêter l'oreille. Mais il n'y eut plus aucun coup de feu. Nous fûmes envahis par une nouvelle angoisse. Nous avons attendu en silence, observant mutuellement les prémices d'une tension visible sur nos visages. Nous avons attendu jusqu'à ce que l'air de la grange se fût complètement épaissi et obscurci et que nos visages fussent réduits à une pâle lueur.

Puis, soudain, nous avons entendu des chiens de chasse qui jappaient, des bruits de pas confus, des jurons lâchés avec exaspération, et, en collant nos yeux aux fines fissures de lattes dorées dans la lumière du crépuscule, nous avons aperçu les adultes du village qui descendaient de la forêt. Les villageois entouraient leur proie qu'ils avaient cruellement traquée.

Ils marchaient avec patience et lenteur. Dès que quelques enfants venaient à s'infiltrer dans leur cortège, des injures brutales fusaient. Ils avançaient, le front baissé, portant contre le flanc leurs lances en bambou et leurs fusils le canon en l'air. Le déserteur avait une démarche pénible, le buste vacillant, comme si son corps tout entier résistait au vent qui sentait légèrement la neige et le feuillage. Il avait maintenant la veste arrachée et ne portait plus qu'une chemise en tissu rêche aux manches retroussées, comme en plein été. Lorsque le cortège qui l'entourait passa devant la grange, nous vîmes que la terre, agglutinée sur son visage chétif, était sèche et de la couleur de l'argile. Le tissu ocre qui recouvrait son ventre était déchiré et répétait un mouvement souple de façon bizarre sur la forme mouvante de ses hanches ; la déchirure révélait quelque chose de plus sombre. Au milieu, pendait autre chose, d'aqueux et de mou, qui, dans la lumière affaiblie, produisait une vibration de couleurs vives et visqueuses. À mesure qu'il avançait, la chose frétillait et, chaque fois, diffusait une forte lumière dorée.

Le soldat chancela tandis qu'il s'apprêtait à se diriger vers le chemin qui descendait de la place de l'école et, dans ses efforts pour ne pas tomber, il agitait maladroitement ses bras longs. Ce geste était si enfantin et tellement attendrissant que nous en avions les larmes aux yeux. Mais au même instant, deux robustes villageois le prirent par les épaules et continuèrent leur marche comme en le traînant. Lorsque le cortège entourant le soldat devint invisible, des femmes, des vieillards et des enfants emmitouflés jusqu'au menton dans des vêtements molletonnés le suivirent à pas pressés, avant de disparaître.

Nous avons détaché les yeux des lattes et nous

nous sommes assis sur le sol en terre battue, en observant nos pieds. Pieds desséchés, blanchâtres, pelés comme écaillés, petits pieds nus, noueux comme des pattes d'oiseaux, crasseux et puants, pieds enveloppés dans des sandales de toile sales et partout trouées, portant de façon voyante l'adresse de la maison de correction. La tête basse, nous avons longtemps pleuré en silence, apeurés et pétrifiés. Un garçon se leva pour pisser dans un coin, mais, secoué de sanglots, il éclaboussa tout autour de lui avec son urine chaude et jaune.

Venant de la place, le cliquetis nerveux des épées qui se heurtaient résonnait, tandis que des pas réguliers s'approchaient. Nous avons collé notre front aux lattes et nous avons vu, dans l'air de ce début de soirée, qui avait perdu tout éclat et paraissait si blême, deux membres de la police militaire, le maire et le gendarme qui se pressaient. Le gendarme tenait la veste du déserteur. Aucun d'entre eux ne prêtait attention à la grange dans laquelle nous étions prisonniers et ils disparurent sur la pente. Nous nous sommes rassis, abattus et apathiques, et nous avons relâché notre concentration.

— Les villageois, dit Minami, ont dû rentrer à contrecœur parce que la police militaire est venue arrêter ce type.

— Qu'est-ce qui va lui arriver? demanda une voix qui gardait encore des traces de larmes. Il va être tué?

— Tué? répéta Minami sarcastiquement. Tu

n'as pas vu que ses tripes lui sortaient du ventre ? Tu crois qu'un type qui a reçu une lance de bambou dans le ventre va encore survivre longtemps dans l'attente d'être tué ?

— Ça doit lui faire mal de marcher avec les tripes dehors, dit le même garçon en recommençant à sangloter. Ça doit faire mal de recevoir une lance de bambou.

— Arrête de pleurnicher, dit Minami en donnant un coup de poing dans les côtes du garçon qui était secoué de sanglots et qui gémit. Écoute, toi, c'est là que tu vas recevoir un coup de lance de ces cinglés du village.

Dans nos têtes lourdes de fatigue, où le sommeil cherchait à s'infiltrer, l'image des tripes sortant du ventre du déserteur s'amplifiait tranquillement. Elle nous envahissait et nous possédait comme un poison. De temps à autre, dans le silence, certains d'entre nous éclataient sporadiquement en sanglots et d'autres ne se contenaient plus, laissant couler, en restant assis, leur urine en une flaque transparente sous leurs fesses et leurs jambes. Je pensais que je devais m'arracher à la peur violente et impérieuse qui s'était emparée de mes camarades. J'aurais voulu employer toute mon énergie à trouver en moi-même ne fût-ce qu'un infime symptôme de sensation de faim, que j'aurais dû éprouver, mais qui ne se manifestait guère. Je n'avais pas plus froid que faim et rien ne me troublait, sinon une nausée qui me montait à la gorge et une soif qui desséchait ma bouche.

— J'ai faim, lançai-je d'une voix rauque.

Mais la fin de ma phrase se perdait de façon ambiguë et je dus répéter plusieurs fois pour me faire comprendre.

— Je dis que j'ai faim.

— Comment? demanda Minami, en me dévisageant avec un regard tellement étonné qu'il en semblait enfantin. Tu as faim?

— J'ai l'impression que j'ai faim.

En articulant avec lenteur, je m'apercevais que ces mots prononcés comme une formule magique éveillaient une sensation viscérale. Mon humeur contamina tout d'abord Minami, avant de gagner les autres.

— Moi aussi, j'ai très faim, dit Minami d'une voix surexcitée. Oh putain, si seulement il y avait encore des oiseaux.

Ma formule magique avait parfaitement produit son effet. Quelques minutes plus tard, nous n'étions plus que des enfants, souffrant désespérément d'inanition, enfermés dans une grange exiguë. À mon tour, j'ai été tenaillé par une faim qui m'a donné le vertige. Nous espérions violemment, mais sans guère y croire, que la porte de la grange s'ouvrirait et que des villageois féroces nous apporteraient de la nourriture.

Plus tard la porte s'ouvrit précipitamment de l'extérieur et quelque chose fut violemment projeté dans l'entrebâillement, mais ce n'était pas de la nourriture : c'était Lee entièrement recouvert de boue, de sang et de saletés indéfinies. Nous avons levé les yeux avec surprise vers Lee qui, dans la pénombre de la grange, avait les lèvres tremblantes de colère. Or, la faim qui avait été « évoquée » nous faisait tant souffrir qu'on resta immobiles et silencieux.

Lee se contenta de froncer les sourcils, de plisser les yeux et de nous chercher du regard, avant de venir s'asseoir si près que nos flancs se frôlaient. Il émanait de son corps une odeur de sang et de bourgeons d'arbres. De son cou vigoureux au sommet de ses joues, son visage était lacéré d'innombrables égratignures avec du sang coagulé, mais ses yeux avaient conservé la vivacité étincelante des bêtes tapies dans la forêt. Le danger contre lequel, des heures durant, il avait lutté, en se cachant dans la forêt et en se frayant, dans sa fuite, un chemin dans les taillis, se communiquait à moi avec une telle virulence. J'étais consolé de constater que Lee, malgré ses blessures et les croûtes de sang, avait gardé sa colère et sa morgue.

— Je croyais que tu avais réussi à fuir, lui dis-je tandis qu'il s'enfermait dans son silence, les lèvres encore frémissantes. Tu n'as pas eu de chance.

— Non, je n'ai pas eu de chance. Et ça me fait tellement râler.

— Tu n'es pas le seul, intervint Minami.

Lee regarda Minami, puis moi, et il hésita. Il semblait faire un effort pour surmonter son malaise. La peau trop lisse de son visage fut parcourue de frémissements inattendus. Il voulait me parler.

— Qu'y a-t-il? demandai-je.

— Je suis descendu dans la vallée, se hâta-t-il de me répondre. Je pensais que j'aurais des ennuis si les villageois revenaient. J'ai donc tout abandonné pour descendre dans la vallée. Je comptais m'enfuir en longeant la rivière. J'ai accroché une corde aux rails pour descendre.

— C'était ce matin? interrogea Minami. Je t'aurais suivi si tu m'avais réveillé.

— Quand je marchais entre les rochers dans la vallée, reprit Lee d'une seule traite, en me fixant et en ignorant Minami, j'ai vu que le sac de survie de ton frère était tombé. Il était accroché avec des bouts de bois et un chat mort, là où la crue est moins forte et l'eau plus basse. Et alors, moi...

Je l'ai saisi par les épaules, comme il se taisait, et je l'ai secoué. Dans ma tête se produisit une sorte d'énorme crevasse obscure où j'avais l'impression de m'engouffrer tout entier. Je ne pouvais pas sortir un son.

— Moi, reprit Lee, le regard suppliant, souffrant sous ma poigne, moi, je l'ai ramassé avec un bâton et je suis revenu sur mes pas dans la forêt pour te le donner.

Je sentis des larmes irrépressibles qui montaient soudain en moi et, vaincu par cette crise de sanglots qui me brûlaient la poitrine et la gorge, je relâchai les épaules de Lee et collai mon front contre les planches pour pleurer en hurlant.

— Qu'as-tu fait de ce sac? demanda Minami en

baissant la voix pour ne pas couvrir l'explosion de mon désespoir. Alors, tu l'as rapporté ? Pourquoi tu ne l'as pas transporté chez lui ?

— Parce que j'ai été découvert par les villageois dans la forêt et qu'ils m'ont poursuivi, dit Lee, complètement embarrassé. Je ne voulais pas qu'ils s'imaginent que je l'avais volé. Alors je l'ai jeté dans un buisson. Tout de suite après, j'ai vu d'autres villageois qui me barraient le chemin avec des lances en bambou. Je n'avais plus d'issue.

— J'espère que tu nous conduiras jusqu'à l'endroit où tu l'as jeté, intervint Minami en lui coupant la parole. Si on ne le retrouve pas, tu auras de mes nouvelles. C'est un souvenir de son frère.

Je me suis retourné violemment vers Minami et j'étais sur le point de lui sauter à la gorge, mais j'ai vu que ses yeux, aussi perçants que ceux d'un oiseau, étaient emplis de larmes. La tension musculaire et la colère se résorbèrent dans mon corps et un sentiment de tristesse alla s'amplifiant. Je secouai la tête et je gémis en enfouissant mon front entre mes genoux que je serrai dans mes bras.

Après un long moment, tard dans la nuit, une plainte geignarde s'éleva soudain dans le lointain. Elle fut aussitôt étouffée, mais de brefs échos furent réverbérés dans la vallée. Mes camarades se redressèrent dans la position inconfortable où ils dormaient jusque-là et ils échangèrent des regards angoissés.

— De l'autre côté de la vallée, il y avait une voiture de la police militaire, dit Lee. Ils veulent emmener le soldat avant qu'il ne meure. Je pense qu'ils le transportent ligoté au wagonnet.

— Avec les tripes à l'air? demanda Minami. S'ils font ça, ça revient à le tuer.

— Ils se tuent entre eux, dit Lee avec haine. Nous, nous l'avons protégé. Eux, entre Japonais, ils se tuent. Alors qu'il s'enfuit dans la montagne, les gendarmes, les policiers, les paysans armés de lances de bambou, ils le poursuivent pour le tuer en l'empalant. Je ne comprends pas du tout où ils veulent en venir.

De nouveau, un hurlement d'horreur, comme lâché par un homme à l'agonie, s'éleva et se répercuta à travers la vallée pendant un bref moment, mais il fut aussitôt étouffé et s'arrêta net. Notre pesante attente était déçue, la voix assourdissante ne parvenant plus à nos oreilles. Tandis que Lee prêtait l'oreille en silence, j'observai ses yeux sombres et purs, typiques d'un Coréen. Il regardait également les miens où les larmes commençaient à sécher.

Puis, sur la place de l'école, les pas désordonnés de tout un groupe se firent entendre. Il ne restait plus qu'un court laps de temps avant que ne soit tirée avec fracas la barre de bois qui bloquait la porte de la grange. Les villageois tenaient des torches faites d'épais faisceaux. Dans l'épaisseur de ces lumières scintillantes, c'est le maire qui le premier entra dans la grange. Aussitôt suivi par une foule de villageois qui envahirent la grange. Nous fûmes acculés dans un recoin empuanti par notre propre urine.

X. LE PROCÈS
ET L'EXCLUSION

Le plus petit de nos camarades éclata soudain en sanglots et s'assit, terrifié, le menton tendu en avant. Les villageois, tout comme nous, constataient qu'entre ses deux genoux parallèles sur le sol en terre battue s'écoulait en abondance une urine fétide. Nous savions parfaitement quelle était la cause de la peur soudaine et impétueuse de ce garçon. Un homme mince, de haute taille, derrière le maire tenait fermement dans la main droite une lance de bambou : il y avait, collé à la pointe qui venait d'être effilée quelque chose de rouge sombre et visqueux, et le creux de la tige était bourré, de manière évidente, de viscères humains. Nos regards s'y fixaient irrépressiblement. Et il nous était difficile de combattre la nausée. Quelques-uns d'entre nous commencèrent à vomir en courbant le dos avec des sons gutturaux. Les villageois nous observaient en silence.

— Ils sont tous là ? demanda le maire en se retournant, après avoir promené ses yeux perçants sur nous.

Personne ne lui répondait. Le silence de la grange n'était rompu que par ces gémissements qui accompagnaient la nausée, ce qui alourdissait particulièrement l'atmosphère.

— Combien d'entre eux ont pris la fuite? répéta le maire.

— Depuis le moment où ils sont arrivés ici, il y en a deux en moins, répondit un homme qui frottait sa lance contre une poutre basse par à-coups. Il y en a un qui est mort avant, il en reste donc un en liberté.

En disant « avant », il faisait résonner les voyelles de sa voix basse et forte. Voilà qui prouvait que les villageois commençaient à se convaincre que l'« incident » était déjà clos, réduit à une sorte de récit légendaire, une histoire sur un désastre naturel qui se serait produit dans le passé. Mais nous devions, quant à nous, plus que jamais vivre cet « incident » au présent. Nous devions nous y engouffrer, y emmêler nos pieds et continuer à nous débattre.

— Les cadavres qu'ils ont enterrés, nous les avons déjà déterrés et incinérés, dit un autre homme. Mais comme enfants, à part ce cadavre, il n'y avait que la petite fille du village. L'autre a dû fuir dans les montagnes.

— Hé vous, dit le maire en se penchant en avant. Où s'est-il caché? Si vous ne dites rien, nous partirons à sa recherche avec une meute de chiens. Quand on le retrouvera, il aura la tête à moitié dévorée. Ça va?

Je me mordis les lèvres et baissai la tête. La colère me fit sombrer dans une tristesse soudain réapparue et comme ranimée par la colère même. La main vigoureuse et noueuse de Lee caressait timidement une de mes cuisses. J'en fus consolé, mais des larmes amères voilèrent mes yeux, m'empêchant de voir les doigts de Lee.

— Tu le sais, toi, non? demanda le maire à un jeune garçon complètement terrorisé dont les lèvres tremblaient.

— Pas du tout, balbutia-t-il. On ne l'a pas vu de toute la journée d'hier. Je ne sais vraiment pas.

— Sales délinquants! s'écria soudain le maire avec fureur. Vous n'avouez jamais la vérité. Vous me prenez pour un imbécile. On peut vous étrangler d'une seule main. On peut vous battre à mort si on veut.

Nous ne prenions absolument pas ces villageois haineux pour des imbéciles. La terreur faisait ruisseler de sueur notre ventre et nos aisselles. Chaque fois que l'homme, qui tenait la lance de bambou maculée de sang et de graisse, bougeait ou changeait de position ses pieds, nos battements de cœurs s'accéléraient ou ralentissaient.

— Chacun des méfaits que vous avez accomplis pendant notre absence mérite que vous soyez battus à mort.

Il nous accusait en grimaçant violemment avec ses lèvres humides.

— Vous êtes entrés de force dans nos maisons, poursuivit-il, et vous avez pillé nos réserves de nourriture. Vous avez osé y passer la nuit et vous avez souillé l'intérieur de pisse et de merde. Certains ont endommagé des outils. Par-dessus le marché, vous avez mis le feu à l'entrepôt.

Le maire s'avança, distribuant des gifles au hasard, du revers de ses mains calleuses. Des larmes de colère, de peur, d'humiliation roulaient sur les joues de ses victimes terrorisées.

— Lequel d'entre vous? Hein, quel est le salaud qui a souillé mon autel familial? Hein, fils de traînées, fils de putes, hein, c'est qui?

J'étais épouvanté chaque fois que je voyais les cuisses robustes du maire s'approcher, mais je gardais le front haut, supportant le regard des villageois derrière lui. Leurs yeux chargés de colère et leurs bouches entrouvertes qui, dans leur tension, salivaient, ils nous accusaient violemment. Qui est-ce? Qui m'a volé de la nourriture? Qui a fait du feu dans mon entrée? Qui a écrit des obscénités sur mes murs, au plafond de ma salle de séjour?

— Savez-vous, reprit le maire, que nous avons mûrement réfléchi à votre sort? Salopards! Hein, savez-vous ce que nous allons faire de vous, si vous n'avouez rien?

Un camarade se leva, aussitôt repoussé par le maire. Il tremblait.

— Je n'ai rien fait, dit-il faiblement. Pardonnez-moi.

Quand un coup de poing l'eut jeté à terre, l'agneau qui s'offrait à la prochaine attaque se leva et répéta la même vaine protestation.

— Pardonnez-moi. Nous ne savions que faire.

Mes camarades se levèrent un à un pour le supplier, recevant en retour coups et ruades. Mais personne ne résista. Nous étions abattus et complètement soumis, alors que le maire s'obstinait à hurler et à s'agiter.

Mais soudain, le maire interrompit ses cris, figea ses bras qui tournoyaient et posa les mains sur ses solides hanches. Il nous dévisagea, secoua la tête et se fraya un chemin entre les villageois pour aller à l'extérieur. Nous étions crispés. Les villageois semblaient eux aussi raidis, dans l'attente du retour du maire. Puis, un appel venant de l'extérieur fit sortir quelques-uns d'entre eux. Quand, dans l'étroit entrebâillement, de nouvelles têtes apparurent, Lee se fit plus petit encore. Les nouveaux visages étaient étrangement plus pâles que ceux des villageois et ils avaient les joues lisses. Ils tournèrent vers nous un regard ambigu et inerte, mais nullement réprobateur.

— Ce sont des camarades à toi? demandai-je tout bas à l'oreille de Lee qui ne me répondit pas.

Je constatai alors qu'il avait du sang coagulé à l'intérieur de l'oreille. Puis long silence, déglutition de salive pure et brûlante dans nos gorges nouées, gestes pesants des villageois. Cela produisait de lourdes vibrations vers ceux qui, agglutinés au-dehors, s'efforçaient patiemment d'espionner notre comité.

Nous étions épuisés et accablés de sommeil,

mais restions immobiles, sous le regard vigilant des villageois. Nous attendions.

Au bout d'un long moment, le maire et son escorte revinrent. Nous avons constaté que la colère fiévreuse avait abandonné ses yeux et ses lèvres.

— Est-ce que vous avez bien réfléchi? nous demanda-t-il. Avez-vous bien réfléchi à vos méfaits?

Il promena son regard sur notre groupe silencieux et reprit dans une sorte de murmure, de sa voix précautionneuse, rusée, basse :

— On ne peut pas revenir sur vos crimes. Nous allons vous pardonner.

Son attitude était si louche, que nous éprouvions un soulagement trouble, un soulagement inaccompli, insatisfaisant. C'est seulement après que vint la surprise. Nous étions complètement pris au dépourvu. L'un d'entre nous s'abandonna à une crise de sanglots, en reniflant nerveusement. Il levait son petit menton, des rides apparurent à la naissance de son nez, si étroite et si sale, et un sourire se dessina sur ses lèvres.

— Demain matin, l'éducateur de votre maison de correction va arriver avec d'autres élèves. C'est ainsi que commencera officiellement la vie de réfugiés.

En parlant, le maire posait sur nous un regard d'acier, mais sa voix était douce.

— Nous avons décidé, poursuivit-il, de ne pas

avertir de vos crimes votre éducateur. En échange, nous avons quelque chose à vous dire. Depuis votre arrivée au village, vous êtes censés avoir mené une vie tout à fait normale. Aucune épidémie ne s'est propagée dans le village. Les villageois ne sont pas partis. On fera comme si. Ça nous évitera des ennuis. Compris?

Le couvercle qui avait commencé à s'ouvrir dans mon cœur se referma net. Cette réaction se propagea rapidement autour de moi, et mes camarades recouvrèrent une attitude ferme d'opposition à l'égard du maire. Nous avions failli nous laisser prendre. Rien n'était plus humiliant, bête et pitoyable que de « se laisser prendre ». Même les plus mesquins et les plus insignifiants des sodomites rougiraient de honte.

— D'accord, vous direz comme ça?

La feinte sérénité du maire avait été troublée par notre inertie et quand il promena son regard sur nous, nos camarades avaient complètement repris du terrain et retrouvé leur ferme solidarité de compagnons intérieurs. Ils bombaient le torse de façon provocante à l'égard des villageois et leurs yeux étincelaient.

— Hein, tu diras ça, d'accord? répéta le maire en donnant une chiquenaude à Minami.

— Jamais de la vie! répliqua Minami avec un sourire figé. On a été enfermés. On a été abandonnés en pleine épidémie. C'est bien ça la vérité, non?

— C'est vrai, vous nous avez largués, renchérit un autre.

Tout le monde alors cria à qui mieux mieux.

— On n'en veut pas de vos mensonges !

Le maire était pris au dépourvu par notre contre-attaque, mais il donna aussitôt libre cours à la rage qui bouillonna et posséda une fois encore son corps. Il agita les bras et en postillonnant il laissa entrevoir ses couronnes dorées.

— Si vous nous prenez pour des imbéciles, vous aurez affaire à nous. Faites comme je dis. Sinon, on vous battra à mort. Hein ? Quant aux mains qui vous étrangleront, on a l'embarras du choix. Vous ne comprenez pas ça ?

Pour empêcher que mes camarades reculent par terreur, je devais crier quelque chose pour protester contre le maire. Je me suis levé et, les yeux éblouis de peur devant le maire et les brutes qui le suivaient, le visage vidé de mon sang, je criai à gorge déployée :

— On n'est pas dupes ! Vous ne nous aurez pas ! On ne se laissera pas prendre par vous ! C'est vous qui devez cesser de nous prendre pour des imbéciles.

Le maire me dévisageait la bouche bée, il s'apprêtait à me cracher sa riposte, mais je n'avais aucune intention de la subir. Avant même qu'il ne se mette à hurler, je devais crier le plus longtemps possible.

— Nous avons été abandonnés par tout le village. Nous avons dû vivre seuls alors que l'épidémie pouvait se répandre à tout moment. Vous êtes revenus et vous nous avez enfermés. Je ne me tairai pas là-dessus. Je raconterai tout ce que nous avons enduré, tout ce que nous avons vécu. Vous avez tué le soldat en lui transperçant le corps. Je le raconterai à la famille du soldat. Quand je suis allé vous demander de revenir vérifier où en était l'épidémie, vous m'avez repoussé. Vous nous avez précipités sans recours dans l'épidémie. Je le raconterai. Il n'est pas question que je me taise.

Un villageois me frappa violemment et latéralement la poitrine avec l'épais manche de sa lance de bambou, je suis tombé à la renverse, ma tête heurtant les lattes, et j'ai poussé un gémissement. Je ne pouvais pas reprendre mon souffle. Un goût amer de sang dans ma bouche, le sang coulant de mon nez. Je gardai le menton relevé en geignant. Pour éviter le coup suivant, je reculai sur les genoux contre les planches. Le sang baignait mes joues sur les côtés et maculait ma peau sur les oreilles, la nuque, jusque sur mon tricot de corps. J'étais tellement habitué à être roué de coups que l'hémorragie s'arrêta presque aussitôt, mais ce qui ne cessait pas, c'était la peur montant du fond de mes entrailles jusque dans mon dos et mes larmes roulant sur les traînées visqueuses de sang coagulé.

— Compris? dit le maire sur un ton menaçant, après un certain temps. Si vous ne voulez pas subir le même sort, montrez-vous obéissants. Admettez que rien ne s'est passé, que vous n'avez rien vu. Et à partir de demain, vous commencerez sérieusement la vie de réfugiés.

Mes camarades se sont faits le plus petits possible et, comme de petits animaux, ils se turent dans la pénombre. Ils gardaient le silence avec le plus de force possible. Je le ressentais également. Mais je savais que nous ne tiendrions pas longtemps.

— Ceux qui s'opposent à la volonté du village resteront assis là où ils sont, déclara le maire. Ceux qui veulent obéir aux ordres du village se lèveront et s'aligneront contre le mur. On leur distribuera des boulettes de riz.

Je sentis poindre le bourgeon d'un infime émoi, qui se développa précipitamment. L'homme qui avait la lance maculée de sang fit un pas en avant et cria d'une voix rauque :

— Ceux qui sont contre ce qu'a dit monsieur le Maire recevront mon poing dans la gueule, ils n'ont qu'à se tenir à carreaux.

Comme mû par un ressort, un garçon se leva et s'avança jusqu'au mur opposé, en remuant lourdement les épaules à chaque respiration. Puis il colla son front contre les lattes et sanglota en tremblant. Les autres camarades se levèrent lentement et le suivirent, la poitrine brûlante de honte. Au bout de peu de temps, ne restaient plus dans mon camp que Minami et Lee qui avait gardé la tête baissée et tremblait.

— Alors, toi, tu vas encore t'entêter? demanda le maire en prenant Minami à parti, tandis que le villageois armé de sa lance de bambou lui piquait la joue. Ça commence à bien faire, non ? Dis simplement que tu n'as rien vu, qu'on ne vous a pas abandonnés.

Le sang coula lentement de la commissure de ses lèvres coupées, mais un rire sarcastique, indifférent et froid, déforma son petit visage pâle. La lance de bambou se dirigea vers son visage, mais Minami se releva en l'évitant. Détournant obstinément son visage de moi, il rejoignit les autres près du mur.

— Moi, j'ai vu, dit-il. Après tout, je me suis pas mal amusé, quand on était abandonnés. S'il s'agit de me taire là-dessus, c'est tout simple.

Puis, il engueula les garçons qui, tout autour, lui tournaient le dos, la tête basse :

— Hein, toi aussi, tu as faim, non ? Tu veux manger des boulettes de riz, non ?

— Lee ! s'écria le maire d'une voix triomphante qui emplissait toute la grange. Tu ne vas quand même pas me tenir tête.

Avec un geste hésitant, Lee releva juste un peu la tête pour regarder le maire et sur un ton de désespoir et de supplication, bégaya :

— Je voulais rester avec les autres pour monter la garde, dit-il avec des accents obséquieux. Au début, je pensais fuir, mais je me suis dis que je devrais surveiller le village. Nous avons même organisé la fête de la chasse.

— Et alors ? interrompit le maire. Quoi ? Alors ?

— Et puis, moi...

— Est-ce que tu as jamais pensé, fit le maire avec cruauté sans écouter Lee, à ce qui arriverait à ta communauté si tu nous tenais tête? Nous pouvons vous chasser dès demain, si nous le voulons.

Lee encaissait. Parmi les visages regroupés près de l'entrée sombre, ceux qui avaient le teint pâle et des traits écrasés étaient les plus bouleversés. Mais ils n'élevaient pas la moindre protestation.

— Le gendarme dit que le déserteur aurait pu se cacher dans le hameau coréen, poursuivit le maire. Si c'est le cas, tous les membres de cette communauté seront jetés au trou. Et sans notre intervention, vous n'en reviendrez pas vivants. Tu ne comprends pas ça?

Les doigts de Lee quittèrent mes genoux. Il se leva aussitôt et, avec des sanglots dans la gorge, il se fraya un chemin parmi les villageois, la tête baissée, pour aller au-dehors.

J'observais avec indignation et tristesse les membres de la communauté qui fuyaient aussitôt remplacés par des villageois qui affluaient à l'intérieur.

Il ne restait plus que moi. Le maire posa lentement son regard sur mes yeux farouches. Nous nous dévisagions en silence.

— Alors, hein, qu'est-ce que tu dis? À quoi ça sert si tu te fixes tout seul sur des vétilles? C'est simplement que les villageois étaient partis pour quelques jours. C'est toi et les autres qui avez commis des méfaits. Je suis prêt à fermer les yeux.

Je gardai un silence hostile. J'étais assailli par les regards des villageois. Puis des femmes apportèrent des boulettes de riz sur un grand plateau et de la soupe dans une marmite métallique. Ainsi mes camarades se virent servis chacun une boulette de riz et un bol de soupe chaude et commencèrent à manger. C'était en effet un vrai repas, humain et riche, tel qu'on n'avait pu en obtenir pendant notre long séjour en maison de correction, au cours de notre voyage d'évacuation et pendant notre existence d'enfants abandonnés. Ce n'était pas une nourriture mécanique et froide, coupée de tout amour et de vie quotidienne. Il y avait des boulettes de riz, pétries par des femmes qui vivaient librement dans les champs, dans les prés, dans les rues. Il y avait une soupe assaisonnée et goûtée par des ménagères. Nos camarades dévoraient en me tournant obstinément le dos et en manifestant une honte évidente à mon égard. Quant à moi, j'avais honte de saliver, d'avoir des crampes à l'estomac, de ressentir une faim brûlante dans chaque partie de mon corps.

Quand le maire s'avança en silence, me mettant sous le nez un plateau avec une boulette et un bol de soupe, j'écartai d'une main tremblante le repas, probablement à cause de cette honte qui m'oppressait. Il me sauta dessus avec un grognement et, tout convulsionné, hurla entre ses lèvres retroussées :

— Arrête de te foutre de moi! Tu entends, arrête de te foutre de moi! Pour qui tu te prends? Tu n'es pas un vrai être humain. Tu n'es qu'un minable qui ne peut que propager ses tares héréditaires! Tu seras un vaurien une fois adulte.

Il me saisit à la poitrine, en me faisant presque suffoquer. Il haletait de colère.

— Écoute, un gars comme toi, il vaut mieux l'étrangler quand il n'est encore qu'un enfant. Les minables il vaut mieux les égorger au berceau. On est des paysans, nous : on arrache les mauvais bourgeons dès le début.

Sa peau basanée ruissela et blêmit au point qu'on l'aurait dit en proie à un accès de fièvre. Il postillonna et me souffla au visage son haleine fétide à cause de ses gencives purulentes. Je pensai que je l'avais plongé dans une réelle panique, mais loin de m'enorgueillir, j'étais épouvanté.

— Écoute, hein, hurla le maire. On peut te jeter du haut de la falaise. Personne ne fera d'histoire si on te tue.

Il secoua ses cheveux blancs et ras et continua à crier avec colère.

— Hé, vous! Si je le tue, est-ce que quelqu'un ira le rapporter au gendarme?

J'étais renversé en arrière, avec ses mains qui m'étranglaient, et, devant moi, mes camarades apeurés et silencieux m'avaient trahi.

— Compris? Hein? Ça te suffit maintenant?

Je fermai les yeux et acquiesçai, les cils englués de larmes. Je comprenais mieux que jamais que j'avais été lâché au moment critique. Quand, il desserra le poing, je repris profondément mon souffle et me redressai en toussant. Je ne voulais pas que mes camarades qui m'avaient trahi voient les quelques larmes qui étaient collées sous mes yeux et tremblotaient sur ma peau sèche.

— Alors, tu n'as qu'à manger, toi aussi, dit le maire.

J'ai refusé, en baissant la tête. Il m'entoura les épaules de son bras et me regarda. Puis il se ressaisit et, se dirigeant vers le forgeron, il lui parla à voix basse. On me lança sur les genoux mon sac de survie.

— Lève-toi, dit le maire.

J'ai glissé mon sac sur l'épaule et je me suis levé. Je fus aussitôt entouré par le forgeron et un autre homme qui était aussi extraordinairement robuste que lui. Entre ses muscles, couraient des sillons de peau basanée et sale. Ils m'ont traîné parmi les villageois jusqu'à la place de l'école. On m'y fit attendre debout. Les villageois, attroupés devant la grange, m'observaient. Je tremblais de froid. La neige était glacée et il faisait sombre.

Au bout d'un moment, le maire sortit de la grange. Il se dirigea vers moi, en hâte, à grandes enjambées. Je l'attendais crispé.

— Hé! lança-t-il. Écoute un peu.

J'avais un mauvais pressentiment et je sentis tout mon corps trembler.

— On pourrait très bien te tuer, mais tu auras la vie sauve, dit-il d'une seule traite, avant de me dévisager, un sombre éclat traversant ses yeux. Tu quitteras le village dès ce soir. Et tu fuiras au loin. Même si tu déposes une plainte, rappelle-toi bien que personne ne témoignera en ta faveur.

N'oublie pas qu'on te renverra à la maison de correction et que tu seras puni pour ta fugue.

Les paroles du maire butaient et avaient du mal à pénétrer dans mon esprit. Mais j'ai acquiescé en me mordant les lèvres. Puis le forgeron et l'autre me saisirent chacun par un bras et ils m'ont presque traîné pour me faire avancer sur le chemin dallé. Nous avons marché tous trois jusqu'au point où l'on dominait la vallée.

Pour manier la poulie des wagonnets, il fallait que quelqu'un se place à califourchon sur la machine pour que le wagonnet se mette en marche. Au départ, seuls le forgeron et moi nous sommes accroupis au fond de l'habitacle étroit, genoux contre genoux, plongés dans un silence physique déprimant. Dès que la poulie se mit à bouger, l'homme qui était chargé de la manipulation, courut sans bruit sur les traverses et grimpa dans le wagonnet. Au moment de s'asseoir, il écrasa avec ses chaussures pleines de neige un de mes doigts nus ce qui me fit pousser un cri. Mais les deux hommes transformés en bêtes de nuit terrassées d'angoisse ne manifestèrent aucune réaction à mes cris. Accompagné par le léger grincement du câble, j'ai mis mon doigt souillé dans la bouche, et j'ai senti sur ma langue un goût de neige, de boue et de sang.

De l'impasse où j'étais enfermé, j'allais être expulsé vers l'extérieur. Mais là aussi, je devais être encore enfermé. Je ne pourrais absolument pas prendre la fuite. Aussi bien à l'intérieur qu'à l'extérieur, des doigts rudes et des bras brutaux m'attendaient patiemment, prêts à m'écraser et à m'étrangler.

Quand le wagonnet se fut arrêté, le forgeron descendit, toujours armé, et je le suivis. Soudain, le forgeron m'agressa, en découvrant ses dents. Je me penchai en avant. Avec un sourd grognement, le forgeron brandit sa barre métallique, frôla ma nuque, mais fouetta l'air. Je suis tombé sur les genoux, puis je me suis relevé. Puis j'ai couru de toutes mes forces, vers un buisson sombre, avant que la barre de métal ne reprenne un mouvement inverse. Entre les arbres plongés dans d'épaisses ténèbres, je n'ai cessé de courir, le visage cinglé par les feuilles, les pieds pris dans le lierre, la peau partout lacérée, saignant abondamment, avant de m'écrouler épuisé dans des fougères ensevelies sous la neige. Tout ce que je pouvais faire, c'était de me relever en prenant appui sur mes coudes. Pour réprimer mes sanglots, j'ai frotté ma gorge contre l'écorce mouillée d'un arbuste froid. Mais des sanglots jaillissaient sans fin de mes lèvres couvertes de boue et se répercutaient dans l'air sombre et humide, révélant ma cachette au forgeron et à son acolyte qui se démenaient bien plus bas, à ma recherche, avec des cris, ainsi qu'aux villageois excités par un désir de meurtre. Pour contenir mes sanglots, je haletais en ouvrant la bouche, comme un chien. Je scrutai la nuit sombre et me préparai aux attaques des villageois en saisissant une pierre dans mon poing glacé.

Mais, au début, je ne savais comment faire pour échapper à leur férocité, traverser la forêt en pleine nuit et éviter leurs brutalités. Je ne savais même pas s'il me restait encore la force de courir. J'étais épuisé, fou de rage, en larmes. Je n'étais plus qu'un enfant qui tremblait de froid et de faim. Soudain, le vent s'est levé, apportant le bruit des pas des villageois qui venaient tout près. Je me suis levé, en serrant les dents et je me suis mis à courir dans les hautes herbes, entre les arbres, encore plus sombres.

HAUTE ENFANCE

Titres parus aux Éditions Gallimard :

Patrick Chamoiseau, *Antan d'enfance*, 1993 (Folio n° 2844).

Raphaël Confiant, *Ravines du devant-jour*, 1993 (Folio n° 2706).

Junichirô Tanizaki, *Années d'enfance*, traduit du japonais et annoté par Marc Mécréant, 1993.

Luchino Visconti, *Le roman d'Angelo*, traduit de l'italien et présenté par René de Ceccatty, 1993.

Patrick Chamoiseau, *Chemin-d'école*, 1994 (Folio n° 2843).

Régine Detambel, *La lune dans le rectangle du patio*, 1994.

Patrick Drevet, *La micheline*, 1994.

Rabah Belamri, *Mémoire en archipel*, 1994.

Jean-Noël Pancrazi, *Madame Arnoul*, 1995 (Folio n° 2925).

Paul Fournel, *Le jour que je suis grand*, 1995.

Jean-Baptiste Niel, *La maison Niel*, 1995.

Henri Raczymow, *Quartier libre*, 1995.

Chantal Thomas, *La vie réelle des petites filles*, 1995.

Jean-Noël Vuarnet, *L'Aigle-Mère*, 1995.

Diane de Margerie, *Dans la spirale*, 1996.

Daniel Conrod, *Moi les animaux*, 1996.

Kenzaburô Ôé, *Arrachez les bourgeons, tirez sur les enfants*, traduit du japonais par Ryôji Nakamura et René de Ceccatty, 1996.

Rabah Belamri, *Chronique du temps de l'innocence*, postface de René de Ceccatty, 1996.

Jerome Charyn, *La belle ténébreuse de Biélorussie*, traduit de l'anglais (États-Unis) par Marc Chénetier, 1997 (Folio n° 3078).

Jacques Drillon, *Children's corner*, 1997.

Collectif, *Une enfance algérienne*, 1997 (Folio n° 3171).

Élisabeth Préault, *Les visages pâles*, 1997.

Jacques Roubaud, *Le Chevalier Silence*, 1997.

Émile Copfermann, *Dès les premiers jours de l'automne*, 1997.

Maurice Roche, *Un petit rien-du-tout tout neuf plié dans une feuille de persil*, préface d'Édouard Glissant, 1997.

Régine Detambel, *L'écrivaillon ou L'enfance de l'écriture*, 1998.

Gérard Spitéri, *Bonheur d'exil*, 1998.

Annie Cohen, *Bésame mucho*, 1998.

Pierre Péju, *Naissances*, 1998 (Folio n° 3384).

Wilhelm Dichter, *Le cheval du Bon Dieu*, traduit du polonais par Martin Nowoszewski, préface de Stanislaw Baranczak, 1998.

Jean Thibaudeau, *Souvenirs de guerre*, suivi de *Dialogues de l'aube*, 1998.

Alan Jolis, *Le soleil de mes jours*, traduit de l'anglais (États-Unis) par Marie-Claude Peugeot, 1999.

Émile Ollivier, *Mille eaux*, 1999.

Jerome Charyn, *Le Cygne Noir*, traduit de l'anglais (États-Unis) par Marc Chénetier, 2000.

Jean-Louis Baudry, *L'âge de la lecture*, 2000.

Ahmed Abodehman, *La ceinture*, 2000.

Raphaël Confiant, *Le cahier de romances*, 2000.

Zoé Valdés, *Le pied de mon père*, traduit de l'espagnol (Cuba) par Carmen Val Julián, 2000.

Florence Delaporte, *Le poisson dans l'arbre*, 2001.

Annie Cohen, *La dure-mère*, 2001.

Lucienne Sinzelle, *Mon Malagar*, préfaces de José Cabanis et Jean Mauriac, 2001.

Anne-Constance Vigier, *Le secret du peintre Ostende*, 2001.

Bona de Mandiargues, *Vivre en herbe*, traduit de l'italien par Claude Bonnafont, préface de Sibylle Pieyre de Mandiargues, 2001.

Sheila Kohler, *Splash*, traduit de l'anglais par Michèle Hechter, 2001.

Barry Gifford, *Wyoming*, traduit de l'anglais (États-Unis) par Claire Céra, 2002.

Paul West, *Mother's Music*, traduit de l'anglais par Jean Pavans, 2002.

Jérôme d'Astier, *Les bois de l'aube*, 2002.